붉은빛이 여전합니까

창비시선 440

붉은빛이 여전합니까

초판 1쇄 발행 / 2020년 2월 20일
초판 5쇄 발행 / 2022년 6월 7일

지은이 / 손택수
펴낸이 / 강일우
책임편집 / 황혜숙
조판 / 한향림
펴낸곳 / (주)창비
등록 / 1986년 8월 5일 제85호
주소 / 10881 경기도 파주시 회동길 184
전화 / 031-955-3333
팩시밀리 / 영업 031-955-3399  편집 031-955-3400
홈페이지 / www.changbi.com
전자우편 / lit@changbi.com

ⓒ 손택수 2020
ISBN 978-89-364-2440-4  03810

# 붉은빛이 여전합니까

손택수 시집

창비

차
례

# 정지

꽃잎 속 수술과 암술이 만나려고
바람에 흔들리고 있는 걸 지켜보고 있을 때,
벌이 꿀을 따먹느라 붕붕거리는 소리가
간지럽게 들려오고 있을 때
이상하게 나는 여기 존재하지 않는 것 같다
존재하지 않아도 좋은 무엇이 된 것만 같다
그때 잠시 나는 어디에 있었던 걸까
꽃속으로 내가 빨려들어갈 때,
저 혼자 일어났다 저 혼자 가라앉는 바람처럼
꽃잎 가상이를 내 숨결로 흔들어보고 있을 때

# 찬란한 착란

찬을 줄이니 평소의 음식 가짓수에 한둘만 더해도 그날 하루는 내가 나의 칙사다

주말마다 막히는 길을 붕붕거리던 여행을 끊고부터는 도심의 흐릿한 별 하나가 절박하게 눈에 들어온다 이 별 저 별 탐하느라 헤매는 법 없이 오직 단 하나에만 마음을 비끌어맨다

북한산 아래 지층방에 머물면서부터는 빛을 뼈아프게 실감한다 담벼락 아래 창문으로 적선처럼 땡그랑 떨어지는 빛을 따라 옷가지를 옮겨가며 말리고, 키우던 수선화 분도 뱅글뱅글 자전을 한다

뻔질나게 드나들던 골목길은 어떤가 구면인 줄 알았는데 철자가 떨어져나간 가나ᄂ 베이커리, 멀고 먼 것은 가나안이 아니라 가난이었다는 말인지

오늘은 가난을 간판으로 내건 베이커리에서 빵을 사기로 한다 활자 하나쯤은 떨어져나가도 좋은 저 허름한 빵집의 이웃으로

## 석류나무와 함께

    석류나무와 한 삼년 동거를 한 적이 있습니다 이파리 빛깔이며 꽃잎이 떨어진 뒤 꽃받침이 열매로 둥글어가기까지를 지켜보는 일이 여행과 같다고 생각했습니다 여행은 여백이나 여운이나 여지와 같은 계통이라서 작은 변화 하나에도 안팎을 두루 술렁이게 합니다 그 어느 여름이었을까요 석류꽃이 다 져버린 뒤였지요 열매 옆에 때늦게 피어난 마지막 꽃잎 한장을 기념으로 따들고 돌아다닌 게 벌써 일주일 전이었습니다 그런데, 아니 이게 무슨 조화랍니까? 무심히 스쳐지나던 석류나무 빈 가지 옆에 여봐란듯이 새로 올라온 꽃이 빤히 저를 내려다보는 것이 아니겠습니까 나무는 애지중지하던 막둥이를 잃고 애초의 가족계획 그대로 늦둥이 하나를 더 보기로 작정했나 봅니다 그 빈자리를 새로 채우지 않곤 헛헛해서 견딜 수가 없었나 봅니다 이파리와 열매들 사이에 숨어 피어난 그해의 마지막 석류꽃, 그로부터 저는 세상에 없는 이야기 하나를 갖게 되었습니다 어쩌면 다시는 반복할 수 없는 이 이야기 하나를 갖기 위해 석류나무를 들여다보았는지도 모릅니다 석류나무를 제가 들여다보았다고 말했지만, 당치 않은 것이, 실은 석류나무가 석류나무를 보고 있는 한 쓸쓸한 사내를 보여준 것이었습니다 오갈 데

없이 한자리에 틀어박혀 가장 먼 곳까지 다녀온 저의 여행
기입니다

# 나뭇잎 흔들릴 때 피어나는 빛으로

어디라도 좀 다녀와야 숨을 쉴 수 있을 것 같을 때
나무 그늘 흔들리는 걸 보겠네
병가라도 내고 싶지만 아플 틈이 어딨나
서둘러 약국을 찾고 병원을 들락거리며
병을 앓는 것도 이제는 결단이 필요한 일이 되어버렸을 때
오다가다 안면을 트고 지낸 은목서라도 있어
그 그늘이 어떻게 흔들리는가를 보겠네
마흔 몇 해 동안 나무 그늘 흔들리는 데 마음 준 적이 없다
는 건
누군가의 눈망울을 들여다본 적이 없다는 얘기처럼 쓸쓸
한 이야기
어떤 사람은 얼굴도 이름도 다 지워졌는데 그 눈빛만은
기억나지
눈빛 하나로 한생을 함께하다 가지
나뭇잎 흔들릴 때마다 살아나는 빛이 그 눈빛만 같을 때
어디 먼 섬이라도 찾듯, 나는 지금 병가를 내고 있는 거라
여가 같은 병가를 쓰는 거라
나무 그늘 이저리 흔들리는 데 넋을 놓겠네
병에게 정중히 병문안이라도 청하고 싶지만

무슨 인연으로 날 찾아왔나 찬찬히 살펴보고 싶지만
독감예방주사를 맞고 멀쩡하게 겨울이 지나갈 때

# 오리나무의 측량술을 빌려서

나무 수를 세면서 길을 걷던 시절이 있었지
나무가 자(尺)여서,
삼천리 방방곡곡의 측량술이어서
심은 나무가 말라 죽어도
시린 어느 집 장작개비로 뽑혀나가도
나무와 나무 사이는 틀림없는 오 리
새 눈금이 그어져도, 눈금 하나가 지워져도
누가 뭐래도 오 리였지
오리나무는 오 리를 모르고
오 리를 모르면서도 여전히
오리나무이지만
나무로 길을 재던 시절은 이제 없지
오리나무들은 산에나 가야 겨우 만날 수 있지
그래도 오리나무와 오리나무 사이의
간격쯤이면 좋겠네
영 볼 수 없는 당신과 나 사이에도
오리나무를 심었으면 좋겠네
아무리 먼 길도 오 리면 된다고,
오 리면 오라고

# 있는 그대로,라는 말

세상에서 제일 힘든 게 뭐냐면 있는 그대로더라
나이테를 보면서 연못의 파문을, 지문을,
턴테이블을, 높은음자리표와 자전거 바퀴를
연상하는 것도 좋으나
그도 결국은
나이테를 있는 그대로 보는 것만은 못하더라
누구는 아는 만큼 보인다고 했지만
평화 없이는 비둘기를 보지 못한다면
그보다 슬픈 일도 없지
나무와 풀과 새의 있는 그대로로부터 나는
얼마나 멀어졌나
세상에서 제일 아픈 게 뭐냐면,
너의 눈망울을 있는 그대로 더는
바라볼 수 없게 된 것이더라
나의 공부는 모두 외면을 위한 것이었는지
있는 그대로, 참으로
아득하기만 한 말

# 먼 곳이 있는 사람

걷는 사람은 먼 곳이 있는 사람
잃어버린 먼 곳을 다시 찾아낸 사람
걷는 것도 끊는 거니까
차를 끊고 돈을 끊고
이런저런 습관을 끊어보는 거니까
묵언도 단식도 없이 마침내
수행에 드는 사람
걷는 사람은 그리하여 길을 묻던 기억을 회복하는 사람
길을 찾는 핑계로 사람을 찾아가는 사람
모처럼 큰맘 먹고 찾아가던 경포호가
언제든 갈 수 있는 집 근처
호수공원이 되어버렸을 때를 무던히
가슴 아파 하는 사람
올림픽 덕분에 케이티엑스 덕분에
더 멀어지고 만 동해를 그리워하는 사람
강릉에서 올라온 벗과 통음을 하며
밤을 새우던 일도 옛일이 돼버리고 말았으니
올라오면 내려가기 바쁜
자꾸만 연락 두절이 되어가는

영 너머 먼 데를 잃고 더 쓸쓸해져버린 사람
나는 가야겠네 걷는 사람으로
먼 곳을 먼 곳으로 있게 하는 사람에게로
먼 곳이 있어 아득해진 사람에게로

# 아홉 귀에 들다
구이구산에서

구이라 아홉 귀 이름에 솔깃해서 찾아간 집
전주까지 가서 주인 대신 맞은 그 가을은
처마 끝으로 오는 저녁이
이마를 짚어주는 손만 같았는데
숙박비 대신 홍시나 좀 따놓고 가
먼저 왔던 성우는 이발사를 해도 잘할 거야
숙박비 대신 풀들을 말끔하게 다 깎아놓았지 뭔가
슬쩍 흘리고 간 얘기에 가만있을 수는 없고
장대를 야무지게 쥐고 가지를 비틀어보다가
자코메티의 조각상같이 군살 하나 없는 영혼의 성우를
내가 어떻게 당한단 말인지
한나절 씨름에 지쳐 뻑뻑한 목을 돌리다 보면 뚜두둑
굽은 목이 펴진 것 같았다
맨날 노트북만 들여다보고 사느라 굽은 목
장대처럼 펴보라는 뜻이었나
하늘 좀 보고 살라는 숙제였나
구이라 마을도 아홉 산도 아홉
밤이면 귓속에 처마등을 내걸고 투닥투닥
감 떨어지는 소리를 약으로 듣던 집

해마다 가을이면 마저 끝내고 싶을 것 같다
하다 만 숙제, 자꾸 질투가 나는,
이발사를 해도 잘할 거라는 그 선한 성우를 생각하며,
장대 끝을 새부리처럼 벌리고서

# 물받이통을 비우며

화분 아래 물받이통이 가득 찼다
누가 나이 찬 어느 집 여식 중매라도 왔나
걸음걸이 조신스럽게 물받이통을 비운다
조금만 숨이 흐트러져도 왈칵 쏟아질 것 같은
오호라 물이 나를 조율하는구나
걸음마를 익히는 아기의 경이를
굳은살 박인 발바닥으로부터 다시 살려내면서
간다, 몇 평짜리 거실이 족히 수십 평은 되는 듯
초와 분을 뛰어넘는 걸음걸이로 부동산
횡재라도 한 듯, 간다
내가 내 걸음을 낯설어하며
미세한 동작을 따라 반응하는 물의 두근거림
둑 너머로 함께 넘실대는
방류 직전까지 간 수력발전소 아닐런가

이럴 땐 심심한 내 눈빛도 제법 싱싱한 눈빛이다

# 곰취나물에 꽂니 자국

꿩이 될 때 나는 향엔 끝내 내가 모를 잎들이 있지
씀바귀와 더덕과 고사리와 구엽초와
또 그 무엇 사이에서 향을 더 아득게 하지
서리 묻은 바람이 산등성이를 쓸고 갈 때
오소소 일어서는 바늘잎을 문 공기라면 어떨지
그 골짝 골짝 바위 틈틈으로
실오라기처럼 풀어져나오는 샘물이라면 어떨지
말할 수 없는 것이 막막기는 하나
그래도 이런저런 궁리를 하는 한때
내가 쉴 때는 대체로 이런 순간들이었으니
이 나물을 누가 잡아당기다 갔는지 모르겠네
꽂니 자국을 남겨놓고 갔는지 모르겠네
며칠 내내 곰취나물을 상에 올리던 산협
곰취나물 같은 시 어디 없나
짓궂게 청을 하던 사람들도 영 잊히질 않네

# 연못을 웃긴 일

못물에 꽃을 뿌려
보조개를 파다

연못이 웃고
내가 웃다

연못가 바위들도 실실
물주름에 웃다

많은 일이 있었으나
기억에는 없고

못가의 벚나무 옆에
앉아 있었던 일

꽃가지 흔들어 연못
겨드랑이에 간질밥을 먹인 일

물고기들이 입을 벌리고

올라온 일

다사다난했던 일과 중엔 그중
이것만이 기억에 남는다

# 차경

    한옥에서는 풍경도 빌려 쓰는 거라네요 차경(借景), 창을 내고 문을 내서 풍경을 들이는 일이 빚이라고, 언젠가는 갚아야 한다고

    직업이 마땅찮아 어떨지 모르겠으나 가능하다면 저도 풍경 대출을 받고 싶어요 집 살 때 빚지는 것도 누가 재산이라고 그랬지요 빚 갚는 마음으로 살다 보면 어느새 제집을 갖게 된다고

    풍경 좋은 곳은 다 부자들 차지라지만 아무리 좋은 액자인들 뭐 하겠어요 청맹과니처럼 닫혀만 있다면요 어쩌면 세상에서 가장 지기 힘든 게 풍경 빚인 줄도 모르겠어요 가난하고 외로워할 줄 아는 사람에겐 창가에 스치는 새 한 마리도 다 귀한 풍경이니까요

    갚는다는 건 되돌려준다는 거겠지요 빌린 나도 풍경으로 내어주어야 한다는 말이겠지요 도무지 뭘 빌려주었다는 건지 알 수 없다는 표정으로 무심하게 앉아 있는 저 돌처럼, 저도 빌려갈 만한 풍경이 되어서

# 잊는 일

꽃 피는 것도
잊는 일

꽃 지는 것도
잊는 일

나무 둥치에 파넣었으나
기억에도 없는 이름아

잊고 잊어
잊는 일

아슴아슴
있는 일

# 먹기러기

달에 눈썹을 달아서
속눈썹을 달아서
가는 기러기떼
먹기러기떼
수묵으로 천리를
깜박인다
오르락내리락
찬 달빛
흘려보내고
흘려보내도
차는 달빛
수묵으로
속눈썹이 젖어서

# 백이 날다

붓털에 묻은 건 먹이 절반,
공기가 절반
화선지에 먹을 묻히는 건 차라리
공기에 더 가깝다
이 공기가 지나가면 먹 사이로 흰빛이 생긴다
먹물 속에서 공기가 숨을 쉬는 것이다
뻑뻑한 먹물이 영영 굳지 않도록
풍경을 일렁이게 하는
비백(飛白),*
검은 등 위로 돋아난 해오라기의 흰 깃과 같은 것
그것을 검정의 감정이라고 할까

밤은 구름으로 하여 감정을 갖는다
먹이 단색이어도 좋은 이유이겠다


\* 먹으로 채우지 않은 흰 부분을 남기며 긋는 운필법.

# 명옥헌

꽃이 지니 물이 운다
끓는 진흙 바닥
덧나는 딱지,
상처가 정처였을까
입으로 피고름 뽑듯
파고드는 꽃
물고기들이 떨어지는 꽃잎을 뜯어먹으며 논다
날리는 꽃비늘 비늘
제 살점처럼 따라다니며 논다
물고기는 기억 때문에 고통 받는 일 없어 좋겠구나
풀어준 자리에 다시 와 물려도 회한이 없겠구나
살점을 뜯는 젓가락을 태연하게 받는
어안(魚眼)처럼
뜬눈으로
이별만 석달
열흘을 가는 못
물이 우니
꽃이 진다

# 산색

산등성이의 신록이 등성이 너머로 번진다
산빛이 산을 벗어나서
공제선 너머
무한으로
산을 넘치게 하는 것 같다
번지는 산빛으로 하여 산이 흔들흔들
표나지 않게 움직인다
저 색을 뭐라고 불러줘야 하나
능선 밖으로 뿜어져나오는 색, 있는데
틀림없이 없는
저 빛깔,
툇마루 끝에 나앉아 해종일
앞산을 보고 있던 노인의 말년이 마냥
적적기만 한 것은 아니었겠다
가만히 앉은 채로 저를 넘어가는
넘어가는
산빛
떠나온 들판을 쓰다듬으며
쓰다듬으며 온다

# 파미르 고원


만년설 아래 비탈을 마르코 폴로 양 어미와 새끼가 올라
가고 있다
어미는 한사코 새끼를 떨어뜨리려 하고
새끼는 어미 곁을 떠나지 않으려 안간힘이다 부러
비탈만 비탈만 골라 딛는 어미의 뜻을 헤아리기에 새끼는
아직 어리다
아가, 어서 돌아가거라, 저긴 혼자서 가는 길이란다
누구나 혼자만 갈 수 있는 최후의 길이 있단다
비탈에서 새끼 양이 상하기라도 할까봐
평지로 내려온 어미 양은 마지막 힘을 쥐어짜 달리기 시
작한다
더는 따라올 수 없도록 질주를 멈추지 않는다
어미를 부축하던 새끼의 걸음도 울음도 이내 멀어지고
어미는 앞다리를 꿇고 대지에 경배하듯 머리를 눕힌다
저 앞의 죽음까지 몇 걸음을 혼자서 더 걸어갈 수 있도록
꺾이지 않고 있던 뒷다리를 마지막으로 접는다
여행자의 이름을 가진 양 마르코 폴로


언제였던가 선친과 함께 보던 다큐멘터리 속 장면

이튿날이면 사체 주위로 늑대와 여우와 까마귀떼가 몰려
온다
체취를 따라온 새끼가 멀리서
어미의 장례를 지켜보고 있는 파미르 고원

# 지게體

부산진 시장에서 화물전표 글씨는 아버지 전담이었다
초등학교를 중퇴한 아버지가 시장에서 대접을 받은 건
순전히 필체 하나 때문이었다
전국 시장에 너거 아부지 글씨 안 간 데가 없을끼다 아마
지게 쥐던 손으로 우찌 그리 비단 같은 글씨가 나왔겠노
왕희지 저리 가라, 궁체도 민체도 아이고 그기
진시장 지게체 아이가
숙부님 말로는 학교에 간 동생들을 기다리며
집안 살림 틈틈이 펜글씨 독본을 연습했다고 한다
글씨체를 물려주고 싶으셨던지 어린 손을 쥐고
자꾸만 삐뚤어지는 글씨에 가만히 호흡을 실어주던 손
손바닥의 못이 따끔거려서 일찌감치 악필을 선언하고 말
았지만
일당벌이 지게를 지시던 당신처럼 나도
펜을 쥐고 일용할 양식을 찾는다
모이를 쪼는 비둘기 부리처럼 펜 끝을 콕콕거린다
비록 물려받지는 못했으나 획을 함께 긋던 숨결이 들릴
것도 같다
이제는 지상에 없는 지게체

# 한 켤레의 구두*

구두가 아니라 발을 벗어놓았다
가죽은 발이 빠져나간 뒤에도 부르튼 발을 잊지 못하고 있다

해진 가죽 위에 앉은 먼지들은 소멸을 이야기하는 듯하다
아마도 타박이는 저 먼지들이 체액에 젖은 구두 가죽 속으
로 스며들어 까맣게 뭉친 빛을 내는 것이리라

바람도 눈보라도 들판도 가죽의 살갗 속으로 들어와 어느새
그들을 닮은 발을 바람벽처럼 안아주고 있는 것이리라

세족식이라도 하듯 지상으로 내려온 노을빛이
무쇠솥에 데운 물처럼 발을 품어주고 있다

발톱이 돌조각 같았던 사람
무덤구덩이 속처럼 컴컴한 구두에 발을 집어넣는다

발등 위에 어린 내 발을 올려놓고 걸음마를 시키던,
낡은 구두만 남겨놓고 그는 어딜 갔는가

* 빈센트 반 고흐, oil and canvas, 45×37.5cm.

# 쌀암

밥때를 놓치고 오른 암자에 한낮에도 몇 번씩 공양 연기
가 오른다
저 바위에서 쌀이 나왔어?
암, 쌀이 나왔지
쌀이 사리가 되었지
지팡이 짚고 어린 손주 손을 잡고
산비탈 올라온 할미가
동치미에 백김치를 오물오물 내리는 눈발을 바라본다
오늘은 너와 내가 모질디모진 한 세월을 건너와서
벼랑끝 암자에 앉아 이렇게 밥 한 그릇 나누는 일이 더없이
거룩하기만 하고,
싸락눈 받아먹는 계곡 속처럼 헛헛한 속도 얼마쯤은 환해
진 것 같은데
성수처럼 쌀톨을 뿌리면서 내려간다
쌀 나온 바위 구멍 대신 쌀 보자기 이고 지고 비탈길 올랐
던 할미가
빈 보자기로 손주의 언 볼을 감싸주는 산길
보자기 속 쌀눈 위로 하얀 김이 모락모락 피어나고 있다

# 서리가 돋는 아침

아침이면 얼음이 등골을 파고들었다
쌀을 씻던 손을 이부자리 속으로 쑥 집어넣고
말괄량이처럼 웃고 계시던 당신
머리에 새집 지었네 새집 지었어
우리 손자는 커서 새새끼가 될라나 보네
얼른 학교 갈 가방을 싸야 하지만,
등골이 오싹 소름이 돋아도 나는 일어나기 싫다
냉기가 가실 때까지
울 할미 손이 녹을 때까지 조금만
조금만 더

깨어나면 문득 눈을 맞추는 가을 하늘
멀어지고 멀어져서 드높기도 해라
저 높은 곳, 하늘에게로 내 체온을 옮겨보자
이부자리 속으로 먼 하늘을 옮겨와보자
살갗에 환하게 소름이 일어나라
싸르락 싸르락 찬물에 쌀을 씻는 소리처럼
서리가 돋는 아침

# 백일장과 짜장면

어린이날 백일장에 아무도 손을 들질 않았다
열등생인 내가 학급 대표가 된 날이었다
쉬는 날에도 일을 나가시는 어머니와 함께
처음이자 마지막으로 백일장에 참가하던 날
밥을 절반만 먹고 오렴
그래야 글이 잘 풀린다고 하더라
지도 선생님 말씀에 따라 나는 아침을 굶었다
속이 아주 비어 있으면 더 좋은 글들이 나올지도 모른다고,
꼬르륵거리는 글주머니는 좀처럼 열리지 않고
이럴 줄 알았으면 밥이라도 먹고 올 걸 그랬지
백일장을 마치자마자 중국집엘 들렀다
식탁 위엔 달랑 한 그릇의 짜장면,
어머니는 괜찮다고 하셨지만
지도 선생님 말씀이 나의 운명이 될 줄은 몰랐다
푹 고개를 숙이고 터벅거리던 귀갓길
하루를 공친 어머니와 낙방 소년이 아직도
손을 잡고 걷는다 비록 낙방은 하였으나
해마다 오월이면 그날로 돌아가서
슬픔이 이 길을 걷는 보람인 줄도 모르겠다고

빈속을 칭얼거리는 슬픔 덕분에
어머니 손을 잡고 걷는 축복을 갖게 된 것이라고

# 흉터 필경사

이야기를 몸에 새기고 싶어서 흉터를 갖게 되었나 보다
살거죽을 노트로 내어주었나 보다
머리카락으로 가린 이마 위의 흉은 감나무 가지를 타고
놀다 떨어진 것이다
할아버지는 읍내 차부 옆 약방까지 달려갔다 오시고
강변 밭 매러 갔던 할머니는 눈에 독가시가 돋아났다
하이고 손씨네 귀한 첫손주를 잘 모시질 못했으니 내가
죽일년이라
그 상처 아물 때까지 숨도 제대로 크게 쉬질 못하고 지냈
구나
흉터는 다문 뒤에도 말을 한다
어떤 흉터는 다이빙을 하던 냇물의 돌을 기억하고
돌에 부딪혀 까진 무르팍을 혀로 핥아주던 옆집 선자 누
나를 잊지 못한다
돌이끼처럼 앉은 딱지를 상처가 나지 않게 뜯어먹던
물고기들의 입맞춤도 있다 각시붕어였지 아마
자신의 몸에 이야기를 파 넣는 필경사
어느 페이지엔 부끄러워서 혼자만 읽는 이야기도 있고
지워지고 지워져서 더는 읽을 수 없는 이야기도 있다

단벌 노트에 쓰는 비망록 나달나달해진 페이지에 지우개
똥 같은 때가 밀린다
　아니, 지우개밥인가 이 모든 이야기들이 나의 필생이라면
필경,
　마지막 필경은 모든 기록을 불사르는 데 바쳐질 것이다

# 검은 혀

아궁이 속 재도 되지 못하고, 시원하게 굴뚝 너머로 승천하는 연기도 되지 못하고, 잔기침이나 쏟아내는 그을음이 되었습니다 저희 상할머니는 쓰다 만 빗자루를 그냥 버리면 귀신이 붙는다고 했지요 누구의 등 한번 시원하게 긁어주지도 못하고 온전히 타오르지도 못한 채 저도 빗자루 귀신이 되고 만 게 아닙니까 그을음 속엔 가신 제 아비의 묵은 편지들이 있고, 끝내 돌아오지 못한 자들을 기다리는 소지가 있고, 감꽃 지는 뒤란에서 읽던 저녁이 있습니다 누군가는 이 그을음을 긁어모아 먹을 만든다고 했지요 또 누군가는 물푸레나무 우린 물로 그 먹을 갈아 글씨를 쓰면 천년을 간다고도 했지요 재와 연기 사이에서 먼지가 되어버린 어떤 삶을 자꾸 서러워하는 노래가 제 몸속에서도 흘러나옵니다 검은 혀가 문신처럼 벽을 문질러댑니다

불아궁 앞에 쭈그려앉은 누가 아직 풍로를 돌리는지, 그을음을 게워내는지, 눈물 펑계로는 과연 이만 한 것도 없습니다

# 붉은빛

뽈찜을 먹습니다 대구는 볼을 부비며
사랑을 나누는 버릇이 있다지요

한때 저도 그러하였습니다 이쁜 것이 보이면 먼저
볼을 부비고 싶었지요
볼에 불을 일으키고 싶었지요

볼이 떨어져나갈 듯 치운 날이었어요
大口처럼 벌어진 진해만과 가덕만 사이
한류와 난류도 볼을 부비면서
살이 오르는 곳

동백처럼 탱탱 언 볼에 감아드린
목도리도 제 살갗이었습니다
동해 시린 물을 맞던 남해 물결이었습니다

대구 알처럼 붉은빛이,
당신 볼에도 여전합니까

# 눈빛

젓갈통 속 소금지옥을 건너와서도
생생하게 치뜬 두 눈
까맣게 찍어놓은 방점이다
흐물흐물 몸이 다 녹아서도
눈만은 남아
똑똑하게 남아
녹은 몸을
기억하고 있다

무시무시하다
그리움이여
지워지지 않는 눈빛이여

새우의 눈은 감길 수 없다

# 가만히 맥박처럼 짚어보는 누군가

누군가 오고 있다 내가 모를 누군가
지나온 거리에서, 잊어버린 여름 강변에서,
더는 가지 않는 메타세쿼이아 숲을 지나,
귀에 익은 걸음으로 오고 있다
연못을 치는 빗소리, 웅덩이를 물고기 등처럼
가르고 지나가는 자전거 바퀴 소리,
누군가, 이름도 잊어버린 누군가
먼바다 미진처럼 나의 창을 흔들고 있다
거리에서 잠시 부딪친 눈빛, 어디서 보았더라
인파에 떠밀려 돌아선 등, 아는 얼굴인데
만난 적 없는 누군가, 몰라도 알 것 같은 얼굴로
먼 산 쪽으로 고개를 빼고 있으면
내 안에서 더 분명해지는 소리
오고 있다 누군가 누군가가 되어
누군가를 기다리고 있는 누군가
강을 건너오고 있다 휑한 다리를 건너오고 있다
아파트 현관 앞 자동 점멸등을 깜박이고 있다
나가보면 아무도 없고 그저 허하기만 해서
가만히 맥박처럼 짚어보는 누군가

# 저녁의 소리

종소리는 내겐 시장기 같은 것, 담벼락이나 슬레이트 지붕 위에 올라가

고양이처럼 오도마니 웅크려 앉은 저물녘이면

피어나는 분꽃과 함께

어린 뱃속에서 칭얼대며 올라오던

소리와도 같은 것,

그 굴풋한 소리를 그리워하며 살게 될 줄 어찌 알았을까만

야채트럭의 마이크 소리가 골목을 돌고,

저문 여울 속에서 배를 뒤집는 피라미떼처럼

반짝이는 새소리가 살아나고,

담벼락 위에 사다리를 걸치고 올라간 옆집 누나의 종아리,

종아리처럼 하얀 물줄기가 찰, 찰, 찰 화단에 떨어지는 소리도 들려오고

어쩌면 먼지 풀풀 날리는 소음으로나 그쳤을 이 많은 소리들을

종소리는 내게 주고 간 것이 아닌지

그 소리들도 멀어지는 종소리를 듣기 위해 가만히

멈춰서 있었던 것이나 아닌지

찬장에 엎어놓은 밥그릇처럼 저녁 하늘에 엎어놓은 종

당기면 배부터 아려오던 소리, 이상하다,
그 종소리가 내 귀엔 아직도 울리는 것이
종소리 없인 저녁이 오지 않는 것이

# 자작시

　북방의 설원 속으로 사라지는 기차의 연기처럼 아득기도
하다
　수목한계선 부근까지 내려오다 멈칫,
　경계를 넘지 않고 비박을 하는 눈을 닮았다
　그 그늘로 그늘로만 숨어다니다 길을 끊는 산양의 발자
국을
　이파리로 가졌다고 해도 좋으리라
　이사 온 아파트 정원에 자작도 마침
　짐보따리 뭉치 같은 뿌리를 내리는 중이었다
　목발을 짚고서 수액주사를 맞던 한여름은
　가지에 달린 비닐포대가 영락없는 링거병,
　어느 날은 흉터 딱지가 축 처진 내 눈그늘만 같았다
　옛날엔 죽은 자를 위해 천마도를 그렸다는 나무
　팔만의 경을 파 넣기도 했다는 나무
　이제 나는 말 한 필도 경전 한 줄도 없이
　나를 외면하는 데 일생을 바치며 살고 있구나
　생선상자 속 같은 버스 열기에 후끈거리면서 돌아오는 저
녁이면
　부패를 견디는 얼음조각처럼 찾아들던 자작

철새들의 부리 끝처럼 빛나는 흰 가지가 나침반 바늘이
었다
거무죽죽 바랜 흰빛일망정 수피를 스치는 바람을
패망한 왕국의 노래처럼 들었다고 해도 좋으리라
여기는 시베리아도 북방도 아니지만
지열로부터 가장 높은 곳까지 자신을 뽑아올리기 위해
가지를 쳐낸 흉터 딱지를 온몸에 품고 있는 나무
그로 하여 동과 동 사이를 불어가는 계곡풍이 더러는
눈보라 치는 북국의 어느 산협은 아닌가도 하면서

# 백경

의족을 끼고 산다는 게 얼마나 절제 어린 삶을 요구하는
지 알지
체중이 불면 구멍 속에 낀 살이 넘쳐 진물이 나고
너무 헐거우면 자신의 몸이 허구렁이 되고 마는 거
알지 에이허브
그대가 찾는 백경이 나의 백지이기도 함을
수심을 알 수 없는 망망대해를 나의 종이도 품고 있음을
그 바다에 해도에 없는 섬이 있다네
바위를 안고 뛰어들었으나
동여맨 줄이 풀리는 바람에 살아났다는 한 시인은
죽기로 한 바다에 날마다 바위를 빠뜨렸다고 하네
한 십년이나 했겠지 아마 수면 위로 어느 날 바위가 솟은
거라
죽은 바위가 저승까지 다녀온 거 같더만
죽은 바위가 바위를 업고 또 죽은 바위가 바위를 업고
해초가 붙고 조개가 붙고 파도에 쓸려가지 마라 쓸려가지
마라
따닥따닥 따개비들이 붙은 바위섬
이제는 섬에서 조개를 캐며 산다는 사내에게

말이란 그저 수심을 알 수 없는 바다에 떨어뜨리는 바위
와 같은 것,
　결혼식 날 여식의 손을 잡고 필생의 약속처럼
　절뚝거리며 걸어오던 아비의 아들이라네 나는
　다리를 삼킨 바다 위에 연필을 깎네 에이허브
　볼펜대에 끼운 몽당연필을 절뚝절뚝
　짊어지고 온 관을 뗏목 삼아 떠도는 저 끝도 없는 한장의
심연 속으로

# 지축을 지나다

지축은 십년 넘게 폐허였다
나는 폐허를 지나야만 서울로 들어갈 수 있었다

북한산 아래 마을
삼호선 지하철 창으로
사라진 골목과 목욕탕과 전봇대가
아침저녁으로 나를 마주 보았다

얼굴을 씻을 때면 섬찟,
더듬어보는 뼈 같았다

얼굴을 씻을 때마다 잊는 해골 같았다

폐병쟁이 퀭한 얼굴 같은 살풍경이나마
재건축이 시작되면서 마을의 기억은 이제 온데간데없다
그만 외면하고 싶은 얼굴 외면하지 못하도록
출퇴근 때마다 마주 보던 지축

폐허가 너와 나를 잇는 경계였던 시절도 가고

빗돌처럼 아파트가 올라온다

폐허를 잃어버린 얼굴이 창유리 속에서 저 혼자 덜컹거
린다

# 파이프오르간


좋은 소리는 사라지는 것이다
사라지는 음을 따라 행복하게 나도 잊히는 것이다


그런 음악이 있다면
완공된 건축물들이 잊고 사는 비계다


발판에 구멍이 숭숭한 것은 새처럼 뼈를 비워 날아오르기
위함,
하지만 여기서 비상은 곧 추락이다


음악이 되려고 뼈가 빠져본 적 있나
한여름이면 철근이 끈적한 거미줄처럼 들러붙는 허공


모든 건물들은 잊고 있다
뼈 빠지는 저 날개의 기억을,
흔적도 없이 해체하는 비상의 기술을


건축을 잊은 건축이 음악에 이른다

철근 위에서 깃처럼 펄럭이는 비계공들,
뽑아올리는 파이프가 웅웅 울고 있다

# 알람브라 궁전의 추억

플라타너스 가로수 아래였다
종로에서 약속이 있을 때면 가끔씩 들르던 구두 수선집
가게 귀퉁이에 기타가 있었다
몇 년을 들러도 낯가림이 많은 주인처럼 쑥스럽다는 듯이,
돌아서서 늘 등만 내밀고 있는 기타
소리를 낼 줄은 아는가 싶어서 한번은 넌지시 곡을 청했다
혼자서 연습한 거라 연주라고 할 수 없어요
거듭된 단골의 청을 이기지 못하고
무슨 의식을 치르듯 찬찬히 기타를 품에 안던 사내
애인을 안을 때가 저럴까
가슴팍에 끌어안은 기타는 사내처럼 허름하고
함부로 묻은 구두약에 줄마저 녹슬었는데
알람브라, 물소리가 검은 손톱 사이에서 뿜어져나오고
사라진 왕국의 꿈이 이베리아반도의 마른 수로를 적시며
흘러가고
구두코에 빛나는 광처럼 사내의 눈이 반짝이는 것이었다
사나운 버스 소리도 곡에 맞춰 유순해진 잠시,
종로 YMCA 근처 플라타너스 가로수 아래였다

구두를 신을 때면 가끔씩 그 기타가 생각나서

줄을 고르듯이 끈을 잡아당겨본다

떠도는 걸음걸음 어쩌면 발장단이라도 흘러나올 것 같아서

발등 위의 나비매듭이 딴은

꽃밭 위의 날갯짓 같기도 하여서

# 비둘기 일가

건물 외벽을 뚫고 나온 온풍기 연통이
비둘기들의 횃대로 바뀌었다
연통 아래 묵은 신문이 깔려 있다
시어머니 똥수발만 일곱 해를 했는데
비둘기 똥수발까지 한다며
오늘도 신세한탄을 하는 여자
어찌 된 세상인지 비둘기들도 피똥을 싼다고,
아침마다 신문 기저귀를 간다
피똥은 나도 싸봤다
발목을 절룩거리며 길바닥을 쪼는 부리질 따라
날갯죽지 퍼득거려도 봤다
멀리 가지도 못하면서, 그래도 새는 새라고
더 다가오지 말라 퍼들쩍 틈을 벌리고
알량한 한 뼘 틈으로 겨우 나를 달래도 봤다
늙으면 괄약근이 먼저 풀어진단다
너희 아비도 화물을 지고 계단을 오르다가
낭패를 보는 날이 있었어
버린 속옷을 신문지에 돌돌 말아오던 것 기억나니
가신 아비 생각에 착잡하게 담배를 무는 베란다

어느 횃대 아래 어깨를 비비적거리고 있는 것인가
비둘기 등쌀에 못 살겠다면서도
오늘도 묵묵히 신문을 가는 여자

# 칼새

칼솜씨가 어쩌나 날랜지 전설의 포정이 따로 없다 울릉도
성인봉 같은 봉우리나 서해 외딴섬 바위절벽 같은 데 둥지
를 튼다 지상을 밟는 걸 수치스럽게 여겨 공중에서만 산다
는 설이 있다 공중을 침상으로 삼아서 구름을 베고 자는 것
으로 알려져 있다 날면서 잠을 자다니, 칼을 품고 자다가도
기척이 들리면 번쩍 눈을 뜨는 무협영화의 검객을 닮았다
내 벗의 아비도 칼새였다 자전거에 숫돌을 싣고 항구의 골
목골목을 누비던 그는 공친 날이면 라디오를 틀어놓고 음악
을 녹음하며 지냈다 칼과 음악이 그의 일생이었던 셈이다 자
식들 아무도 물려받지 않은 사과박스 열셋 분량의 테이프를
물려받은 건 나다 테이프 속에서는 처마 끝에 떨어지는 빗소
리도 들리고 수저 부딪는 소리도 들린다 너거 아부지 저 짓
좀 그만했으면 소원이 없겠다 이 비좁은 집에 테이프로 벽을
쌓았다 아이가 테이프에 깔려 죽겠구마 끓는 소리 사이로 묵
묵히 음악은 흘러간다 나는 여든 노인의 칼 가는 소리와 칼
새 울음소리를 도무지 구분할 수가 없는데, 번식 때만 잠시
둥지에 내려온다는 새를 포착한 사진은 모두 하늘을 배경으
로 하고 있다 밤새 술접대를 하고 찜질방에서 칼잠이 들 때
면 생각했다 한 번도 들어본 적 없는 칼새 울음소리 속에서

# 기도와 잠

기도를 할 땐 어김없이 잡념이 함께 오니
어수선한 잡념 속에 있는 일이 나의 기도,
그건 반수면 상태의 잠과 같아서
자는 내가 있고
천장에서 자는 나를 내려다보고 있는 내가 있고
그런 나를 또 지켜보고 있는 내가 있다
깨어진 거울조각처럼 불안한 잠이
나도 몰래 깊어져서 나를 잊어버릴 때가 영
없는 것은 아니니
그때는 어머니가 오실 때,
어머니만 오시면 세상모르고 잠을 자는 것이다
태아로 돌아가서 몇날 며칠을 새근거리기도 하는 것이다
설명이 되지 않는 몸의 신비는
어머니가 가시면 다시 시작되는 불면의
고통으로 바뀐다

나는 잠이 마지막 남은 나의
양심이라는 걸 겨우 안다

# 아침의 신부
**지영 님 결혼하는 날에**


아침에 창문을 닦는 일이 오늘은 눈을 깜박이는 일이었으면 한다

쉼 없이 눈을 깜박여도 내 흐린 눈은 창이 되지 못하지만,

가지 않은 나라는 오늘 아침밖에 없구나

발부리에 부딪힌 돌멩이가 또르르 구르다 멈춘 곳에 잠시

허리를 숙이고 있는 아이야

거기에 처음 보는 꽃이 피었느냐

꽃에 멈춘 네가 이 골목을 다시 피어나게 하는 걸 알고 있느냐

세상에서 제일 힘든 일이 무어냐고 묻는다면 나는 눈맞춤이라고 하겠다

세상에서 제일 값진 일이 무어냐고 묻는다면 나는 그 역시 오로지

너의 눈앞에서 깜박깜박 샘물처럼 빛나는 일이라고 하겠다

정류장에서 목을 빼고 기다리는 것이 오늘은 버스만은 아니었으면 한다

막 정차한 구름 그림자 기척에 화들짝 날아오르는 비둘기를 보아라

네가 이 세상에 왔다는 신비, 멀고 먼 오늘이여,
지상에 와서 처음 맞는 아침이여

# 망원동

도라지 속살은 막 퍼올린 찬물 빛이다
역 귀퉁이 쓸모없어진 전화 부스 옆에서
하루종일 도라지 껍질을 벗기던 노인
도려낸 상처 위로 끼치던
그 정갈한 향을 나는 얼마나 좋아하였던지
코끝에 심심산골을 옮겨온 듯
시장 귀퉁이 들끓는 소음 먼지 속에
그저 정물처럼 묵묵히 앉아 있었다
지상에 와서 아까운 몇 가지를 뽑으라면 십년 넘게
내 귀갓길을 지켜준 노인의 도라지를 빠뜨릴 수 없으리라
껍질을 벗기는 일이 우물을 푸는 일이라
바가지 가득 넘실넘실 길어올리는 일이라
먼지잼처럼 지나가던 망원,
돌아와 보니 그곳이 가장 먼 곳이었네

# 시집의 쓸모

벗의 집에 갔더니 기우뚱한 식탁 다리 밑에 책을 받쳐놓았다
주인 내외는 시집의 임자가 나라는 걸 아는지 모르는지
차린 게 변변찮아 어떡하느냐며
불편한 내 표정에 엉뚱한 눈치를 보느라 애면글면
차마 말은 못하고 건성으로 수저질을 하다가
(책을 발로 밀어 슬쩍 빼면
지진이라도 난 듯 덜컥 식탁이 내려앉겠지
국그릇이 철렁 엎질러져서 행주를 들고 수선을 피우겠지)
고소한 복수 생각에 젖어 있는 동안
이사를 다니느라 다치고 긁히고 깨진 식탁
각을 잃고 둥그스름해진 모가 보인다
시집이 이토록 쓸모도 있구나
책꽂이에 얌전히 먼지를 뒤집어쓰고 있기보단
한쪽 다리가 성치 않은 식탁 아래로 내려가서
국그릇 넘치지 않게 평형을 잡아주는,
오래전에 잊힌 시집
이제는 표지색도 다 닳아 지워져가는 그것이
안주인 된장국마냥 뜨끈하게 상한 속을 달래주는 것이었다

# 강화의 사랑

신촌에서 강화 가는 버스 타고 청혼을 한 게 십여 년 전이다
상금 없는 문학상 기념 조각을 팔아 장만한
가락지를 끼워준 곳,
김포 가까운 데 둥지 틀고 틈만 나면 찾아갔다
강화는 본디 섬이라서, 연륙교 다리만 끊으면 언제든지
섬이 될 수 있는 곳이라서
그 어디에 소라고둥 같은 집을 짓고 살자 했는데
그사이 강화는 조금씩 번성하여 번듯한 도시를 닮아갔다
늘어난 펜션과 마트와 요란한 카페들,
하긴 이 땅에 온 이후로 하루도 공사 중 아닌 날 없었지
변두리를 벗어나기 위하여 저마다에게 다투어 흙먼지를
뿌렸지
변두리였을 때도 강화는 변두리가 아니었는데
갯벌 위로 지는 노을 하나만으로도 내겐 우주의 중심이었
는데
살림이 불고 적금도 차곡차곡 쌓여가면서 점점
더 쓸쓸해져가는 우리네 사랑을 닮아간다
차도 집도 없던 그 시절 마트에 함께 장 보러 다닐 때가 가
장 좋았다고

장바구니 나눠 들고 걸어오던 밤길이 소풍이었다고
그때 타고 다니던 자전거가 여전히 보물 일호라면서도
아파트 평수와 연금과 보험료를 계산하다 시무룩해지는 섬
우리네 사랑은 갈수록 변두리가 되어간다
변두리였을 때도 사랑은 변두리가 아니었는데
어느새 머리에 뿌옇게 돋은 흙먼지를 서로 측은해하면서

# 행복에 대한 저항시

연금을 계산하고 노후를 설계하고 새로 나온 보험을 좇아
다니다가
봄날이 다 지나갔다
아파트 한채를 장만하고 차 한대를 갖고
여행상품을 검색하는 동안

명품을 간파하는 눈이 생겼는데 사람은 알아보지 못하고
배신 타령을 한다
와인맛 커피맛을 아는 혀
좋은 브랜드 옷의 감촉은 좋아하면서도
정작 네 살갗에는 무덤덤

행복해져야겠다는 생각 때문에
주말이면 쇼핑과 외식으로 파김치가 되어 돌아온다
여행을 가도 남는 건 사진밖에 없더라 법석을 떨면서
폭식하듯 사진을 찍는다

뼈 빠지게 사노라 살지 못했는가
죽는 것은 습관이 아닌데 사는 것은 습관이 되어서

행복이여, 어쩌다 나는 행복에 대한 저항시를 쓴다

행복을 위해서도 저항시를 위해서도 이건 참 서글픈 일
이다

# 날씨 없는 날씨

일기예보를 보고 내일의 의상을 결정한다
내 사회성의 구 할 역시 날씨로부터 온다
날씨가 없었다면 내 어눌한 관계들은 다
파국을 맞고 말았을 터,
아침에 일어나자마자 묻는 말도
취침 전의 관심사도 틀림없는 날씨 이야기다
캘리포니아 해변에 사는 제자가 보내온 이메일도
날씨로부터 시작한다 날씨는 만국공통어,
나이가 들면서 대기의 흐름에 예민해진다
정작 하늘 한번 본 적이 없이 하루를 마감하면서도
흐리면 흐린 대로, 맑으면 맑은 대로
몸도 맘도 함께 반응을 한다
일기예보를 빠짐없이 살피면서 나는 늙어가나 보다
감기 걱정을 하고 미세먼지 마스크를 준비하면서
비가 오면 비가 오는 대로 빗속을 빗줄기처럼 뛰어다니고
눈이 오면 눈이 오는 대로 눈사람을 만들 줄 아는
아이들을 부러워하고 있나 보다
꺾인 몸에 깃드는 천문
갈수록 나는 날씨에 점점 가까워져간다

# 물의 뼈

유리창에 먼지가 엉겨붙어 있다
빗방울 후두들기고 간 자리다

비에게도 비망록이 있었다면
먼지는 물의 뼈였나 보다
물을 다비한 사리, 하루살이떼 같고, 비듬 같고
밀어내는 발각질 같고,
장맛비 뒤의 웅덩이
졸아붙은 속의 일어난
흙비늘 같은

먼지 낀 창의 불투명이 풍경 쪽에 나를 더 다가서게 한다
먼지가 창문의 화소다

붙어 있던 살점 다 어디로 가고
어느 창에 붙어 흐려지려나
오래전 물방울의 글썽임을
증명하고 있는 뼛가루

# 등

아무리 밝아도 이미 저물어 있는 게 등이다

뒷모습은 고백을 한다
고백하지 않아도 고백이 된다

척추로 직립한
절벽,
깎아지른 벼랑

갈 수 없는 풍경이 내 몸이라니
한 번도 닿은 적 없는 풍경에 기대어 사는 이여

적막한 등을 등대라고 하자
까끌까끌 부딪치는 모래알

등이 있어
켜는
등

# 골법(骨法)

비었다고 다 여백은 아니지
그냥 빈 여백은 심심하다

나무들을 봐라
이파리 잘라내고, 잘라내고,
젖꼭지를 놓지 않는 마지막 한 잎의 망설임까지 가서

뼈만 남아
하늘을 품었다
뼈째로 엽맥이 되었다

나무의 마지막 잎은 무한천공이라는 것,

돋아난다 하늘도 한 장의 잎이 되어
나무에 의해 나무를 품는다

결별이야말로 결속이다
헐벗은 가지들만 남아 하늘을 파고들 때

# 세한도

제주에선 돌이 번진다
현무, 이름을 얻기 전의 먹빛을 머금고
한라에서부터 중산간 오름지대를 지나
바닷가까지, 바다 속속까지 먹돔이 뛴다
먹돔 비늘비늘 소나무 잣나무
비늘이 되어 솟는다
흐르다 멈춘 곳엔 깎고 깎아서
깎아지른 벼랑 끝
까악 까악
까마귀 날갯짓으로 스치는
붓질이 있다

왜 그림 속에 섬이 보이질 않는가
제주에선 섬이, 통째로, 벼루가 되었다는 말이다

# 죽은돌

금릉에서

섬에서는 돌을 죽은돌이라고 부른다 이름을 얻은 바위가 하나의 방향만을 허락한다는 것을 아는 사람들은 차라리 이름 대신 현무암의 깊은 어둠 속으로 돌을 돌려놓고 싶어한다 산정에서 누군가 거북을 보았다면 능선 쪽에서 누군가는 코끼리를 보았을 수도 있음을 잊지 않기 위함이다 죽은돌은 명명할 수 없는 계절들에 대한 최소한의 기억 같은 것, 깨뜨리면 파란빛이 새어나오는 죽은돌엔 실로 얼마나 많은 생들이 꿈틀거리고 있는지 모른다 누군가는 산을 넘어가는 바람이 웅 웅 모골이 쭈뼛해오는 소리를 낼 때 죽은돌이 산의 목젖처럼 떨고 있기 때문이라 생각한다 바람과 파도의 영혼을 가진 누군가에게 죽은돌은 식어 굳어진 것이 아니라 애초에 흐르던 그대로 생성 중인 용암반죽 덩어리다 돌은 바다를 뚫고 막 융기하던 섬을 기억하고 있다 어디를 뒹굴든 돌이 중심을 놓지 않는 이유이다 그 섬에서 돌은 비구름에게도 끌과 정을 쥐여주고 끝도 없이 꿈틀대고 있다 그건 돌의 수긍이 없다면 불가능한 일이다 돌이 죽은 날로부터 섬에 생명이 깃들기 시작했다고 믿는 사람들은 죽은돌 아래로 내려가 돌들을 섬긴다

# 제주

    섬에 와서 잘 이해되지 않는 건, 서귀포시와 제주시의 거리가
    서울과 부산의 거리만큼 멀다는 것이다

    일산에서 동탄까지 왕복 4시간 가차이 출퇴근을 하는 나로서는 갸우뚱한 일,

    더 작은 단위로만 이동하면서
    섬은 자신의 공간을 드넓게 하는지도 모른다

    여기엔 어떤 무구가 있다
    순도 높은 고독과 집중이 있다

    마을 하나가 천지였던 어린 날처럼 함부로 경계를 넘지 않고 가능한
    머무는 땅을 온전히 몸으로 겪고자 하는, 아끼고자 하는,

    섬은 그러니까 바위 하나에도 노래와 이야기를 남긴다

마을에서 마을로 건너갈 때는 시차랄 것도 없는
작은 시차에도 금세 반응할 수 있도록

모처럼 큰맘 먹고 가는 여행 같은 것이 될 수 있도록

# 애월

하늘을 본뜬 모음
아래아다
훈민정음 해례본 속에 남아 있고
소리는 사라졌다
뭍에서는 사라진 중세의 모음을
여전히
쓰고 있는 바다
지명에 달을 단 건
비록 지는 것이 운명이라 하더라도,
달이 뜨고 지는 소리나마
갑골문으로 삼아보자는 뜻
애월은 지지 않는다
이름 속 벼랑에 늘 달이 걸려 있다
누가 그것을 헛되다 할 것인가
애월에선 뒹구는 돌 하나도 달의 자녀여서
나무들도 새들도 저마다의 성대 속에
달빛이 묻어 있어서
헛된 것이 이름이라면,
헛됨의 지극함으로

찾아가는 바다
애월

# 아픈 섬

섬은 묵음이다
침묵이 있어야 섬이 된다
침묵은 내겐 통증, 일종의 반항이기도 하다
TALK 여기서 L도 묵음이다
말하자면 꼬리뼈 같은 거지
침묵을 잘 이해해야 대화가 되는 거야
엎드려뻗쳐
빠따를 맞은 엉덩이가 화끈거린다
묵음은 여전히 꼬리뼈가 아프다
해군기지 공사가 한창이던 제주
부러 피해 가던 강정마을
꼬리뼈가 아프면
심장질환을 의심해보라는 말도 있던데
꼬리뼈가 심장의 일이라니
아이슬란드가 아니라 아일랜드라고
엎드려뻗쳐
가지 않는 영어 시간
여전히 묵음 때문에
아픈 섬

# 응달

그늘이 만든 위성, 스란치마 스적이는 소리가 난다
나는 그 안에서 감꽃 목걸이를 한 계집아이,
우물을 울림통으로 지하 깊숙이 혼자서
노래를 부르기도 한다
실로폰 소리를 내는 물방울이 뚝뚝 수면을 두드리고
한낮에는 누가 등목을 하는지
물이 까무러치는 소리가 날 때도 있다
얼마나 오래 들여다보았으면
주위의 땅빛과는 아주 다른 색을 갖게 되었을까
지상을 쓰다듬고 쓰다듬되
어떤 흔적도 남기고 싶지 않은 자의
기록이 저와 같다면

응달이 뜬다 일찌감치 저물어서
이끼에 슬어놓은 이슬처럼
빛이 나는 뒤란

# 점자별 1

호머는 맹인이었다

백문이불여일견이란 말
함부로 쓰지 말자

눈을 잃고도 그는 노래를 알았으니까
노래의 눈을 갖고 있었으니까

점자책을 더듬는 손에게
말은 육체의 굴곡, 누르면
오돌토돌
피를 통하게 하는
지압판

이파리를 만지면
가상이 끝이 표나지 않게 살짝
말려 있을 거예요

가을이 오고 있다고, 잎을 스치는 바람 소리가 수척해진 걸

들어보라던, 오래전 팔짱을 끼고 다니던 사람

빛을 잃고 손때가 묻어 까무스름 빛이 나는 말들이 있다
씨앗봉투처럼 뿌려진 페이지의 맥박을 짚어본다

# 점자별 2

가을 하늘을 어떻게 번역해줄까 너에게
지난번 산에 갔을 때 마신 샘물 맛이 나
그때 가슴 시원했지
창밖에 밤이 얼마나 깊었나 물어오면
뭐라고 해야 하나
오디 알을 들었다 놓아보고
먹감나무 도마를 쓰다듬어보게 하고
아니지 아니지 이건 번역이 되지 않는 시 같군
번역이 되질 않으니 다른 시로 바꿔달라던
어느 문예지 발행인 같군 내가
나뭇잎이 지금 어떻게 떨어지고 있느냐 물어오면
배를 타고 호수로 나가볼까
한참 노를 저어가다 호수 가운데서 가만히 멈춰볼까
물론 그도 충분친 않겠지만
물결을 따라 흔들릴 수는 있겠지
너와 나를 태운 배도 나뭇잎처럼 떠내려가겠지
다시 가을 하늘이 얼마나 푸르냐고 물어오면
나는 이미 말한 가을 하늘을 다시 보겠지
새롭게 열린 하늘빛에 놀라기도 하겠지

그때 내 막막한 가슴도 그 하늘빛에 물들 수 있다면
말할 수 없는 하늘을 품고 저물어갈 수 있다면

# 점자별 3

새벽 두시
풀벌레가 나의
별이다
찌르 찌르르
전신주 우는 소리가 나더니
풀벌레는 귓속에
꼬마전구 알을 슨다
가까이 가면 뚝
정전이 되고 마는,
이만치 멀어져서만
되살아나는 별
새벽 두시
나를 사랑했던 맹인여자가
생각나는 밤
스위치를 올려주곤
어둠 속으로 들어가 가만히 웅크리고 있던
찌르 찌르르
더듬는 손가락이
나의 별이다

# 수백 페이지의 혀를 가진 바람

나는 나의 시에 성대가 있었으면 한다
목을 파이프처럼 통과하면서 혀를 만난 말이
이와 입술 너머의 공기를 진동시켰으면 한다
공기를 만난 말은 공기 중으로 녹아 사라지고
사라지면서 새의 속깃털을 후 불어주고
어느 귀퉁이 흔들리는 꽃잎사귀를 만나 한눈도 좀 팔고
책상에 앉아 이맛살 찡그리며 궁상을 떠는
시 같은 것은 이제 까맣게 잊고, 그예 시인도 잊고
태초에 말씀이 있었다는데 그 말씀이나 찾아서
여행을 떠날 수 있었으면 한다
뭐라 딱 규정할 수 없는 소리로 나를 흔들어라
이해하지 않아도 사랑할 수는 있거니
사랑 없는 이해 따위는 저 멀리 내던져버린 채
초원 위로 불어가는 바람 부족들은 양식 건물을 지어도
그 곁에 게르를 짓고 산다고 하지
나는 나의 시에도 게르 천창 같은 구멍이 뚫려 있었으면
한다
바람에 끔벅이는 눈꺼풀이 있었으면 한다
수백 페이지 혀를 갖고도 성대가 없는 나의 시여

# 수풀떠들썩팔랑나비의 작명가에게

수풀도 좀 점잖고 싶을 때 있지
나비도 날개를 접고 곤히
쉬고 싶을 때 있지
마냥 떠들썩 팔랑거려야 하니 얼마나 고역인가
하긴, 나도 내 이름이 싫을 때가 있으니까
집 없는 이름 한가운데 왜 집을 가졌는지
그래도 집 택 자 덕분에
시집이라도 몇 채 갖고 있는 건 아닌지
수풀떠들썩팔랑,
나비 이름을 부르면
잠자리채를 들고 곤충채집을 가던 소년이 보인다
면바지에 묻은 풀물처럼 잘 지워지질 않는 여름
나는 여전히 발뒤꿈치를 들고 있다
잡았다 싶은 순간,
나비는 늘 저만치 멀어진다
그때 내가 잡고 싶었던 건 나비가 아니라
더 가까워질 수도 멀어질 수도 없는
저물도록 떠들썩 팔랑거리던 그 환한 거리가 아니었을까
이름 속에 들어올 수 없는 떨림을 알아서

앉은 나비를 품고 두근거리는 수풀과
아닌 척 거리를 좁히는 기척에 골똘해진 나비와
작명가의 숨결이 실려 있는 말,
수풀떠들썩팔랑

# 수연 수진

은행나무를 꼭
으능나무라고 하는 사람이 있다

화살나무를 햇잎나무라고 불러야
화살나무라는 사람이 있다

으능나무나 햇잎나무는 멀쩡한 등본 이름 대신 아직도
아명을 쓰는 내 누이들 같다

수연이 수진이 하면 그림 인형에 색종이 옷이 생겨나고
여동생들과 함께 책을 읽던 소년도 따라온다

영순이나 영숙이 대신 수연 수진의 아이들도
미지의 사람처럼 엄마를 불러본다

자신이 오기 전의 소녀를 만나고 싶다는 듯이
엄마도 잊어버린 엄마 속의 소녀에게 말을 걸어본다

으능나무에서는 주렁주렁 은행알이 열리는 것 같고

햇잎나무에서는 햇잎나물 무치는 고소한 향이 나는 것 같다

좋겠다, 은행나무도 화살나무도
은행나무와 화살나무만은 아니어서

# 우표의 맛

나는 우표의 맛을 안다
혀에 고인 내 침이 한때는 풀이었으니까

하긴, 그때 나는 연필심에게도 키스를 했다
연필심도 혀니까, 혀에 고인 침을 나누면 말이 잘 풀릴 거라

그건, 깁는 천으로 바늘이 잘 통과하라고
바느질 중간중간 머릿기름을 발라주던 내 모계의 오랜
습속,

잉크가 얼어붙는 밤이면 잉크병을 품고 잠이 들었다는
선친의
그 외로운 겨울밤이 생각나기도 한다

그때 편지봉투들은 주둥이에 밥풀이 묻어 있기도 하였지
편지봉투가 밥공기처럼 배달되곤 하였지

말라붙은 밥풀을 나는 할머니 젖꼭지처럼 더듬기도 하였
을까

내 가난한 들판이 거기 다 붙어 있다는 듯이

풀이 보이지 않으면 쓰윽
맛을 보던 우표

편지와 내가 그리고 우표가 딱 한몸이었을 때
사흘씩 나흘씩 산 넘고 물 건너 너를 찾아다녔을 때

# 성냥갑 동물원

성냥을 긋고 얼른 담배로 불을 가져갈 때
꺼지지 않게 불을 감싸던 두 손은 꽃봉오리를 품은 잎과
같았지
맞아, 그때 적어도 나는 불이 그냥 불이 아니라
누군가의 심장이라도 된다는 듯이
고개를 숙이고 등으로 바람벽을 하였지
하긴 그때 성냥은 대개 동물들이었으니까
닭과 사슴, 펭귄과 용마 같은
동물들이 불을 켜곤 하였으니까
불은 원앙의 날개였다가, 사자의 갈기였다가,
어쩌다 성냥골로 귀를 후비면 동굴 속에 횃불을 켜들고
내 안의 깊고 깊은 지층으로 여행을 떠나는 것도 같았지
천마표와 비호표, 비사표와 함께
'인간은 오직 노동에 의해서만 세상에서 편안히 지낼 수
있다.
그러므로 노동을 하지 않는 자는 편안을 누릴 수 없다.'
알 수 없는 명언들이 우리를 명상으로 이끌었지
먼지가 켜켜이 쌓인 성냥공장 노동자의 노동은 왜 골병인지,
노동은 왜 휴식이 되지 못하는지,

제비와 거북과 공작의 눈빛처럼 희미하게 사라져간 성냥
심장 두근거리듯 일렁이던 골
두 손을 오므려 공손하게 품던 불을 불러본다
젖은 성냥을 켜듯이, 이름만 남은 나의 성냥갑 동물원

# 평강 눈종이 공장에 가고 싶다

강원도 평강 어디에 옛날에 그런 공장이 있었다더라

한겨울 닥나무숲을 헤치고 찜통에 푹푹 삶아 만든 종이가

알고 보니 눈이더라는, 눈처럼 흰 것이 아니라, 얼마나 새하야면

종이가 그냥 눈이더라는

설화지 이야기

그때 그 종이 위에 글을 쓰면 눈 위를 걷는 소리가 났대요

사각사각 소리가 나니까 그 소리 때문에 지겨운 줄도 모르고

밤을 새워서 편지를 쓰기도 했답니다

평강 벌판을 흐르던 한탄강 얼음물이 종이 위로도 흘러서

이 종이로 싸면 밥도 잘 쉬지를 않았다고,

설화지는 대가 끊겼으니 공장도 문을 닫았겠지

호랑이 담배 피우던 설화 같은 얘기는 딱 웃음거리가 되기 좋겠지

그래도 이렇게 푹푹 눈이 오는 날은 문득 그 공장 이야기도 생각나는 것이다

종이 만드는 법도 사람들도 다 사라지고 말았겠지만

흐릿한 이름과 이야기 몇 토막은 남아서

발 위에 널어놓은 눈 속으로 들어온 빛이 얼음가루처럼
부서지기도 할,

　　그냥 눈인 종이 위를 나는 끝도 없이 걷고 싶어지는 것이다
　　아득히 펼쳐진 눈벌판을 처음 장만한 노트인 양
　　얼어 터진 볼때기로도 마냥 신이 나서 첫 등교를 하던 아
이처럼

# 물바퀴를 달다

자전거 이름을 오디오라 지은 뒤부터다
체인의 어느 마디에서 북북쪽으로 옮겨가는 기러기떼의
울음소리가 난다
가을 이맘때면 바큇살에서 억새 서걱이는 소리
서해갑문을 통과한 게들이 강변 억새 위에서 딱, 딱
등딱지 부딪는 소리를 내기도 한다
질주에 도취한 나의 오디오에 부끄러움이 없는 것은 아니다
수초들 자갈들 다 밀어낸 전용도로
속도감에 취한 쾌감이 어찌 착잡하지 않았을까
강물의 사라진 허리선을 기억하기 위하여
볼륨을 잃어버린 강의 노래를 받아 적기 위하여
심장 박동 소리 쿵쾅거리도록 페달을 밟는다
나의 혈관은 오디오로 이어진 케이블, 가고 있는 이 순간이,
땅과 하늘에 플러그를 꽂은 저 풀과 나무들이 찌릿찌릿
전기를 통하게 한다면, 모순이여,
질주하는 동안 나는 처음이자 끝이다
당도하지 않은 채로 너의 가장 중심에 닿아 있다

바퀴 페달을 오르간 페달처럼 밟는다

풀숲 너머 꿩처럼 꿩 꿩 뛰는 돌멩이들
뛰어든 강에 물바퀴를 달고서

# 터치

건반은 누르는 것이 아니다

건반 위의 공기를 들어올리듯이
얼른,
뗄 줄 아는 것이다

말하자면 그것이 터치,
안장을 눌렀다가 떼는 식으로
내 자전거 바퀴도 돌아간다

대지와 하늘이 챙, 은빛 쇳소리를 내는
어느 구비에는 연못을 치는 빗방울의 연타음이 들려오고
두두두두 뭉친 겨울 벌판을 안마하는 말발굽 소리가 들려
온다

공기를 야구공처럼 때려대는 스윙,
스윙, 웅크린 꽃망울에 가닿는 봄 햇살의 터치,
터치,

타자기처럼 두드려대는 한 점 한 점
속에서 온 우주가 팍 터져버릴 때까지

닿는 순간
멀어질 줄 아는
운행

# 채석강

땅, 땅, 땅 파도가 절벽을 때린다 퇴적층이 일렁인다

옛날 칼 만드는 대장장이는 녹은 쇳물을 꺾어 접고 펴며 사만번쯤 망치질을 했다 쇠 위에 퇴적 무늬를 만들었다

저 바다 어디에 폐를 몸 밖으로 꺼내놓고 숨을 밀고 당기 며 바람을 풀무질하던 사람들의 혼이 출렁이고 있나

살갗에 매달린 땀방울이 쇠 속으로 스며들면 대장장이가 두드리는 건 철만이 아니었다

고분 속 야철신의 하늘을 통과한 운석의 섬광과 구만리장 천 밀고 먼 몸들을 유전하는 물방울의 기억이 터져나오고 있었다

모든 것은 스쳐 사라지지만 스치는 표면에서 살아나는 숨 결들이 있다 가장 오래된 숨결이 저무는 바다 앞에서 지금 태어나고 있으니,

땅, 해안을 향해 밀려오는 파도소리, 땅, 망치와 모루 사이에서 동백 꽃망울 터져나오는 소리

몸져누운 땅을 두드리고 두드린다 불똥이 살을 파고들면 내 몸속으로도 천지가 흐르려니, 들러붙은 하늘과 땅이 가려운 딱지에서 새살로 돋아나려니

원자들 와글거리는 소리가 서해의 근육을 꿈틀거리게 한다 땅, 땅, 땅 노을에 젖은 채석강 층층마다 푸시시 물보라가 일고 있다

# 석양의 제국
신동엽의 「산문시1」에 붙임

나의 조국은 노을이다
노을을 위해서라면 나는 얼마든지 세금을 내고
국방의 의무를 질 용의가 있다
귀찮은 교육이며 근로도 거부만은 않으리라
나는 노을의 애국자다
노을 없는 땅과 하늘은 상상도 할 수 없다
나라가 망한다면 의병이라도 일으키리라
의열단에라도 들어가리라
내 땅의 노을과 가장 닮은 이국의 노을에
임시정부를 차릴 수도 있으리라
나는 노을의 세계화를 옹호한다
모든 마을이 맥도널드나 스타벅스로 통일되고
모든 골목 구멍가게가 편의점으로 바뀌는 그날에도
노을만은 오직 그 땅과 하늘의 특산품
제주 한림 수월봉 앞바다에 내린 노을과
강화 갯벌 위에 내린 노을이 저희들의 방언을 지켜낼 수
있다면
세계화를 마냥 거부만은 않으리라
우리는 자신들의 모음을 쓰면서도 같은 노을의 형제일 터

지는 자에게 나라를 맡기자
통치술이라곤 오직 질 줄 아는 것,
져서 물들 줄 아는 것밖에 없는
자야말로 세계제국을 경영할 만하다
낙엽으로 돌아가 뿌리를 덮는 단풍처럼
하늘로 가는 나라의 신민이 되자
아직 오지 않았고 이미 와 있으며
아주 오래전에 사라져버린 나라
매일같이 하늘에 쓰는 실록
오! 나의 조국 노을

# 풀과 양들의 세계사

풀이 사관이다
사초(史草)니까
역사의 주인은
풀이라는 뜻이다
아무리 굳건한 성채인들 풀이
정복하지 않은 성이 없다
풀은 국경선을 뒤흔들고 넘나든다
풀이 가지 못할 곳이 어디인가
풀이야말로 사마천
뿌리를 뽑는다 한들
궁형의 치욕이 온다 한들
풀을 당할 수 없다
풀은 뽑히면서도 씨앗을 퍼뜨린다
풀의 열렬한 독자가 바로 양들이다
풀을 따라 양들은 어디든 간다
양의 창자 속으로 들어간 위도와 경도
국경선으로 젖을 짜는 노래가 나의 시경(詩經)이다
풀의 기억은 망각,
그를 알아 양은 성을 함락해도 애써

머물지를 않는다
풀 죽은 정복자의 신민이 되려 않는다
푸른 잉크로 폐허를 뒤덮는
사초를 좇을 뿐
국경 따위에는 관심도 없는 풀과
양들의 세계사

# 신록의 말

절경 앞에서 절망한다
뭐라 이를 수가 없다
마치 말을 익히기 전의 아기처럼
첫 모음과 자음을 궁리 중이다
궁리 중이기만 하다
가르치는 아이 하나는 왜 지각을 했느냐는 힐책에
주말 사이 온 도시가 신록으로 물들어버려서
길을 잃고 말았다고 했다
그때 나는 왜 그리 쉽게 야단을 쳤을까
맹랑한 봄의 새 독도법을 윽박질렀을까
따분한 건 나의 노래였나 보다
함부로 부른 노래 속에 잃어버린 풍경들이었나 보다
해마다 봄이면 몸져눕는 어머니처럼,
반백년 전의 산통을 되새김
되새김질하며 돋아나는 저 신록 속에 저릿한
무엇인가 있구나 차라리 아기처럼
뭐라 말은 못해도 두 눈이 빛나는
아기처럼만 있었어도 좋았을 것을
잃어버린 절경이여

돌아가자 시무룩해진 봄에게로
뭐라 할 수 없는 신록의 말들에게로

# 뒷짐을 지고 크게 웃다

뒷짐을 진다
등 뒤로 묶은 두 손
결박으로 나를 푼다
뒤를 받쳐 앞을 편다
습관적으로 젓던 노를 들어올리고
유유히 흐르는
배, 땡땡
부푼 돛배의
출항이다

# 냉이꽃

냉이꽃 뒤엔 냉이 열매가 보인다
작은 하트 모양이다 이걸 쉰 해 만에 알다니
봄날 냉이무침이나 냉잇국만 먹을 줄 알던 나,
잘 익은 열매 속 씨앗은 흔들면 간지러운 옹알이가 들려
온다
어딜 그렇게 쏘다니다 이제사 돌아왔니
아기와 어머니가 눈을 맞추듯이
서로 보는 일 하나로 가지 못할 곳이 없는 봄날
쉰내 나는 쉰에도 여지는 있다
나는 훗날 냉이보다 더 낮아져서,
냉이뿌리 아래로 내려가서
키 작은 냉이를 무등이라도 태우듯
들어올릴 수 있을까

그때, 봄은 오고 또 와도 새
봄이겠다

# 저무는 돌

해가 저무니 돌도 아쉬움이 있네
찬찬히 식어가는 돌이여
넘어간 해가 내 안으로 넘어와서
산 너머도 수평선 너머도 뒷걸음질을 하여서
돌 속의 일몰을 쬐어보는 저녁이 오네
가는 저도 영 서운치는 않게, 져도 영 서운치만은 않게
해명산 넘어갔나 교동 화개 넘어갔나
수목장 숲속으로 흰 등 붉은 등이 켜지네
돌이 저무니 그 사이로 나도 강화 전등(傳燈),
서해 너머 해를 쥐고

# 정음(正音)을 찾아서

송종원

## 0. '먼 곳이 있는 사람'

누군가 손택수 시인에게 세상에서 가장 가여운 사람을 묻는다면, 그는 아마도 '먼 곳'을 잃어버린 사람이라고 말할 것만 같다. 저 먼 곳을 말하려면 하나 이상의 이야기가 필요하다. 우선은 말 그대로 가깝지 않은 곳이라는 의미로 그곳에 닿기 위해서는 기다림과 여정과 일정의 노고가 요구된다. 그런데 이 기다림과 여정이 동시에 다른 시간에 대한 기대와 희망을 불러온다. 그래서 우리는 삶에 지칠 때쯤 지금 여기가 아닌 어딘가를 마음에 두는 것일 게다. 한 시에서는 시인이 고속열차가 어느 지방에 가닿아 거리가 너무 가까워진 일에 분노하기도 하는데, 이는 쉽사리 간과할 장면이 아니다. 기대 내지 희망과 접속한 더딘 시간조차 편의로 포장

해 강탈하는 세력들에 대한 분노는 손택수 시의 지향을 설명하는 데 시사하는 바가 크다.

또 하나의 '먼 곳'은 물리적 거리와는 무관한 자리이다. 아이러니하게도 이 먼 곳은 아주 가까운 곳에 있기도 하다. 우리의 삶 속 아주 깊숙한 자리, 내 몸이 자연스레 이끌리는 그곳은 '삶다운 삶'의 느낌을 제공하는 처소이기도 하다. 시인의 몸은 우리의 보통의 삶이 되어버린 이 혼잡한 대도시 속에서 그곳에 순간적으로 가닿기도 하는데, 말 그대로 순간일 뿐, 일상의 긴 시간과 대비하자면 그 순간은 찰나에 가깝다. 이 먼 곳은 당신이 기쁘지도 슬프지도 않은 어떤 기분의 상태로 반쯤 넋이 나가 어디엔가 시선을 두고 있는 상황에도 나타나고 또는 당신이 고독하게 노동하는 자리에도 불현듯 찾아온다. 삶에 무감해져 삶이 사라지는 바로 그 순간이 온다. 손택수의 이번 시집은 저 찰나의 순간을 잡아채 나날의 삶 속에 끌어안는 힘을 보여준다. 시인은 우리들의 평범한 삶 가까이에 어른대는 '먼 곳'을 통해 '삶다운 삶'을 우리에게 다시 꿈꾸게 한다.

도라지 속살은 막 퍼올린 찬물 빛이다
역 귀퉁이 쓸모없어진 전화 부스 옆에서
하루종일 도라지 껍질을 벗기던 노인
도려낸 상처 위로 끼치던
그 정갈한 향을 나는 얼마나 좋아하였던지

코끝에 심심산골을 옮겨온 듯
시장 귀퉁이 들끓는 소음 먼지 속에
그저 정물처럼 묵묵히 앉아 있었다
지상에 와서 아까운 몇 가지를 뽑으라면 십년 넘게
내 귀갓길을 지켜준 노인의 도라지를 빠뜨릴 수 없으
리라
껍질을 벗기는 일이 우물을 푸는 일이라
바가지 가득 넘실넘실 길어올리는 일이라
먼지잼처럼 지나가던 망원,
돌아와 보니 그곳이 가장 먼 곳이었네

——「망원동」 전문

노인이 쥔 칼끝이 도라지 껍질을 벗겨내며 퍼뜨리던 향이 어쩌면 '나'의 귀갓길을 완성하였을 수도 있겠다. '나'의 귀갓길을 완성했다는 표현은 도라지 향이 배경처럼 작용해 나의 귀갓길을 풍부하게 해주었다는 말이 아니다. 그보다는 도라지 향이 없었다면 그의 귀갓길도 없었을 거란 의미에 가깝다. 가정과 직장을 오가는 길은 생활의 거리일 것인데, 시인은 이 거리에서 때로 감당하기 힘든 책임을 져야 했고 또는 여러 수난과 모욕을 겪어야만 했을지도 모른다. 그러한 어려움이 그에게 가정과 직장 사이에 놓인 길을 이탈하여 생활이 없는 삶의 방향으로 나아가길 원하게 했을 수도 있지만, 운명처럼 마주친 사소한 향기 하나가 그를 필연처럼 생활과 고단한 노동으로부터 도망가지 못하도록 이끈다. 어디 그뿐이랴. 결국 그는 시로부터도 도망가지 못했다. 이 시의 칼끝은 처음부터 생활과 시로부터의 비겁한 이탈과 도망을 겨누고 있던 셈이다. 노인의 노동 속에 깃든 맑은 우물의 내력을 퍼올리며 동시에 그것을 바라보는 화자에게 치욕이되 치욕에만 물들지 않는 강건하고 떳떳한 마음의 기운을 돋우는 일이 이 시가 수행하는 중요한 기능이자 역할이다. 그 기능의 결과물이 먼 곳의 구체화라 해도 그리 어색한 말은 아닐 게다. 그러므로 우리는 이번 시집을 통해 먼 곳이 어떻게 시의 이미지로 자리하고, 그 이미지 안에 어떤 사유가 용해되어 있으며 동시에 그것이 우리 삶에 어떤 가치를 부여하는지를 따라 읽어볼 필요가 있겠다.


## 1. 소멸과 생성의 변주곡

먼 곳을 가깝게 감지하며 삶다운 삶과 시다운 시에 가닿으려 애쓰는 시세계 이야기를 먼저 꺼냈지만, 손택수 시인이 그렇다고 항상 그러한 시인의 책무를 의식하고 목적을 향해 전력 질주하는 작업을 한다는 말은 아니다. 많은 시인이 그렇듯, 손택수 시인 역시 강인한 사람인데 이 강인함은 확고한 목적의식의 여부나 책무의 달성과는 무관하다. 시인의 강인함은 우선 섬세함에 기댄다. 그래서 그는 자신이 지닌 무언가를 주장하기보다 자신의 사라짐을 감각하며, 자신의 소멸이 열어놓은 공간 속에 무언가 다른 것이 채워지는 것을 골똘히 바라본다. 다시 말해 시인은 자신이 존재하지 않는 순간으로 자신의 시의 자리를 연다.

> 꽃잎 속 수술과 암술이 만나려고
> 바람에 흔들리고 있는 걸 지켜보고 있을 때,
> 벌이 꿀을 따먹느라 붕붕거리는 소리가
> 간지럽게 들려오고 있을 때
> 이상하게 나는 여기 존재하지 않는 것 같다
> 존재하지 않아도 좋은 무엇이 된 것만 같다
> 그때 잠시 나는 어디에 있었던 걸까
> 꽃속으로 내가 빨려들어갈 때,
> 저 혼자 일어났다 저 혼자 가라앉는 바람처럼
> 꽃잎 가상이를 내 숨결로 흔들어보고 있을 때
>
> ─「정지」전문

늘상 정신을 똑바로 차리라고 강요받는 현실 속에서 이처럼 반쯤 넋이 나간 상황에 대한 묘사는 우리를 유혹한다. 단순한 시 같지만 여기에는 몇 가지 이야기가 중첩되어 있다. 우리를 사로잡는 이 경이와 매혹의 감각 저편에 지친 몸이 있다. 매혹에 정지된 순간이 우선이 아니라 무엇으로부터인가 지친 몸이 자연스레 정지하는 순간이 먼저 있고, 이후 그 정지로부터 자연의 환희 같은 것이 뒤따라온다. 다시 말해 시인의 넋을 반쯤 소멸시킨 것은 현실과 괴리된 '저만치'의 가상적 아름다움이 아니라, 현실의 무게감을 고스란히 받아내면서 소위 번아웃 당한 몸의 반응이다. 그 현실이 무엇인지 시는 구체적으로 말하지 않지만, 능력과 성과 위주로 평가를 받는 것은 물론이거니와 그를 위해 무한 경쟁을 유도하고 각자의 삶을 각자의 책임으로만 돌리는 피폐한 세계의 논리와 무관하지 않으리라는 것은 쉽사리 짐작할 수 있다.

그렇다고 시인의 넋이 전적으로 현실의 무게감에 짓눌려 패배적으로 혹은 수동적으로 소멸하고 있다는 말은 아니다. 반쯤 남은 넋을 다시 소멸시키는 일은 폭력적 현실의 전횡을 효과적으로 드러내기 위한 시인의 전략에 가깝다. 섬세한 감각이 넋을 잃은 영혼을 묘사함으로써 우리의 문제적 삶에 대해 말없이 증언하는 셈이다. 이러한 문제의식은 이 시집의 여러 시 구절에 살아 숨쉬고 있다. 가령 「나뭇잎 흔들릴 때 피어나는 빛으로」에 적힌 "어디라도 좀 다녀와야 숨을 쉴 수 있을 것 같을 때/나무 그늘 흔들리는 걸 보겠네" 같은 구절이나, 「행복에 대한 저항시」에 등장하는 "죽는 것은 습관이 아닌데 사는 것은 습관이 되어서"라는 시구가 그러한데, 우리가 눈여겨 살필 것은 그 구절들의 표면 아래 숨은 맥락이다.

그렇다면 저 사회적 메시지가 「정지」의 핵심일까. 그 말없는 메시지 못지않게 그것을 일군 섬세한 감각에 대해서도 충분히 말할 필요가 있다. 저 시각과 청각의 집중력! 꽃잎 가상이 속으로 자신의 더운 숨결을 용해시키는 것은 물론이거니와, 혼자 앉았다가 다시 일어나 나아가는 바람의 움직임까지 포착하는 공감각적 활달함은 그 자체로 시적이다. 더불어 그것은 우리의 삶 자체까지도 생생하게 만든다. 마치 오감 놀이하는 아이처럼 싱싱한 생명력이 만끽하는, 살아서 날뛰는 감각의 향연을 우리는 이번 시집의 곳곳에서 발견할 수 있다. 굳이 하나를 꼽자면「물받이통을 비우며」를 언급하고 싶다. 화분 아래 물로 가득 찬 물받이통을 조심스레 옮기는 모습을 조금은 장난스럽게 그려낸 이 시에는, 집중하는 감각의 단순한 기쁨이 산뜻하게 그려져 있다. 단순한 기쁨이라고 했지만, 그 효과는 결코 단순하지 않다. 이 단순한 집중력이 복잡한 현실에서 상처받은 몸을 회복시킴은 물론이거니와 우리의 숨결에 생동하는 삶의 의지를 불어넣기도 한다. 시를 말하면 우울감을 떠올리는 사람들이 많지만 그런 시는 사실 반쪽짜리 시일 뿐이다. 손택수의 시처럼 삶의 기쁨과 경이를 외면하지 않고 나아가는 감각이야말로 시가 꾸는 꿈이고 실제이다.

## 2. 기쁨도 슬픔도 아닌, 아슴아슴 있는 일

감각 이야기가 나온 김에 감각에서 비롯된 정서의 이야기도 좀더 해보자. 이번 시집을 읽으면 손택수의 시가 좀더 날렵하고 가벼워졌다는 느낌을 받을 수 있다. 무게감을 지닌 주제에 가볍지 않은 디테일을 동반하던 시적 형식이 의장(儀裝)을 조금은 거두어낸 것일까. 행장이 단출해지자 발걸음에 탄성이 붙었고 더 먼 곳까지 이를 수 있는 시의 몸이 형성된 인상이다. 그래서 그는 '아슴아슴 있는 일'(「잊는 일」)에 더 관심을 두기 시작했고, '비백(飛白)'(「백이 날다」)의 운필법처럼 검은 글씨 안에 흰빛의 공간을 담아내는 일에 더 예민해지기 시작했다. 묘하게도 시의 운행은 가벼워졌지만, 그것이 실어 나르는 것들은 독자의 더 깊은 곳을 건드린다. 왜일까. 모호하면서도 불투명한 정서가 우리를 이끄는 문이 되어주어서는 아닐까. 이 문의 독특한 개방성은 무엇을 가로막기보다는 스스로를 열어젖혀 그뒤로 나아가게 하는 매개가 되어주고 있다.

못물에 꽃을 뿌려
보조개를 파다

연못이 웃고
내가 웃다

연못가 바위들도 실실
물주름에 웃다

많은 일이 있었으나
기억에는 없고

못가의 벚나무 옆에
앉아 있었던 일

꽃가지 흔들어 연못
겨드랑이에 간질밥을 먹인 일

물고기들이 입을 벌리고
올라온 일

다사다난했던 일과 중엔 그중
이것만이 기억에 남는다

—「연못을 웃긴 일」 전문

난분분하는 벚꽃처럼 시의 행간들도 가볍다. 저 행들 사이로 여러 가지 것들이 비추어지기도 하고 또 사라진다. 단순하고 정겨운 풍경이 읽는 사람 역시도 연한 미소를 짓게 한다. 연못이 지은 웃음의 파문이 화자에게로, 다시 연못의 바위에게로, 그리고 독자에게로 자연스럽게 펼쳐지는 중이다. 그런데 그 웃음 뒤에 남는 것은 어떤 쓸쓸함이다. 마지막

연은 사람을 오래 머뭇거리게 한다. 다사다난했던 일 중 이것만이 기억에 남는다는 말이 가진 복잡한 심사를 무심히 지나치기가 쉽지 않다. 마지막을 읽고 다시 앞으로 돌아가 읽어보자. 그러면, 웃고 싶은 사람이 보인다. 울음을 잃어버린 사람도 보인다. 간절한 기억을 품고 싶은 사람과 못에 사는 물고기같이 잘 드러나지 않던 것이 돌연 나타나 소중한 기억을 잡아먹고 사라지는 어떤 사건의 입들도 보인다.

시가 독자를 웃게 하고 또 울게 하는 일은 중요하다. 하지만 우리의 삶 속에 더 많은 순간들은 이러지도 저러지도 못한 채, 감정의 형태까지 만들어지기 이전에 소멸하는 모습으로 있지 않을까도 싶다. 특히나 삶에서 결정적인 순간들은 기쁨이나 슬픔과 같은 감정의 형태를 빌려 방어하는 상태에 이르지 못한 채 기억의 저층에 남아 있을지도 모른다. 시인은 지금 자기도 모르게 그것들을 발굴하며 삶을 소멸시키는 힘에 저항하는 중이다. 역사와 마찬가지로 개인의 생애에서도 서사화된 중심 시간과 그 시간에 통합되지 못한 주변부의 시간이 있다면, 이 시는 그 주변부의 시간을 보듬어 안는 기획에 가까워 보이기도 한다. "꽃이 지니 물이 운다"(「명옥헌」)라고 쓸 줄 아는 시인이니만큼 파편화된 주변과 중심 사이의 상호 교호를 빚어 삶의 풍요를 배울 기회를 제공하는 일이 어색하지가 않다.

## 3. 지게꾼의 시

윤동주에게 '별'이 있고 백석에게는 '모닥불'이 있듯 시인마다 그의 인장을 찍은 소품이 있다면 손택수에게 그것은 '지게'일 수도 있겠다. 손택수 시인을 아는 이라면 지게꾼의 인생을 받아내었던 아버지의 벌거벗은 등을 묘사하던 「아버지의 등을 밀며」를 기억하지 못할 리 없다. 이번 시집에도 잊지 못할 그 지게가 다시 등장한다.

> 부산진 시장에서 화물전표 글씨는 아버지 전담이었다
> 초등학교를 중퇴한 아버지가 시장에서 대접을 받은 건
> 순전히 필체 하나 때문이었다.
> 전국 시장에 너거 아부지 글씨 안 간 데가 없을끼다 아마
> 지게 쥐던 손으로 우찌 그리 비단 같은 글씨가 나왔겠노
> 왕희지 저리 가라, 궁체도 민체도 아이고 그기
> 진시장 지게체 아이가
> 숙부님 말로는 학교에 간 동생들을 기다리며
> 집안 살림 틈틈이 펜글씨 독본을 연습했다고 한다
> 글씨체를 물려주고 싶으셨던지 어린 손을 쥐고
> 자꾸만 삐뚤어지는 글씨에 가만히 호흡을 실어주던 손
> 손바닥의 못이 따끔거려서 일찌감치 악필을 선언하고
> 말았지만
> 일당벌이 지게를 지시던 당신처럼 나도

펜을 쥐고 일용할 양식을 찾는다

모이를 쪼는 비둘기 부리처럼 펜 끝을 콕콕거린다

비록 물려받지는 못했으나 획을 함께 긋던 숨결이 들릴
것도 같다

이제는 지상에 없는 지게체

──「지게體」 전문

시인은 시를 통해 아버지의 생과 자신의 생을 잇댄다. 이
런 기획은 의외로 아들의 자리에서 자연스러운 행위가 아닐
수도 있다. 아버지와 아들 사이에는 쉽게 해소되지 않는 갈
등의 계곡이 놓이기가 쉬우며, 게다가 시와 관련해서는 여
전히 아버지의 자리를 자랑스럽게 여기지 않는 사람의 자
리가 시의 자리라고 믿는 사람들이 적지 않다. 손택수의 시
가 실현하는 모습은 어쩌면 시인의 아버지의 희망과는 다
른 모습일 수도 있겠다. 아들에게 글씨를 가르치던 지게꾼
아버지는 자신의 삶과 아들의 삶을 분리시켜 자신의 노동과
는 다른 형태의 업을 아들이 하기를 바랐을 터. 아버지는 자
신의 노동을 부정하기보다 그것을 제대로 인정해주지 않는
세상의 논리를 아프게 체감하고 있었을 테니 말이다. 하지
만 시인인 아들은 그 분리를 다시 하나의 연대로 결합한다.
그의 눈으로 보기에 아버지의 지게체는 단지 글씨가 아니라
아버지의 삶이 지닌 시였고, 그것은 신동엽이 말했던 그 지
게꾼의 시의 실제이기도 했다. 세상의 속된 시선으로는 당

신의 직업과 무관하다고 여길 만한 어떤 아름다움의 형식을 아버지는 자신의 삶 속에 품어냈고, 그 일은 소위 먼 곳을 지닌 사람으로서의 시인의 모습과 다르지 않다. 지게꾼 아버지야말로 어쩌면 노동과 예술을 창조적으로 결합한 형태의 삶을 실현한 사람일 수도 있겠다.

그러나 노동과 예술은 여전히 별개의 영역처럼 다루어지곤 한다. 예술 역시 노동의 일종이라는 인식은 예전보다 널리 수용되는 편이지만, 노동을 말하는 예술과 노동자의 꿈을 말하는 예술에 대해서는 그것의 예술성이나 미적 가치를 여전히 의구심을 가지고 대하는 시선들이 적지 않다. 시인 역시 이를 모를 리 없다. 시인이 글씨를 배우기 위해 자신의 손과 포개어졌던 아버지의 손을 묘사하는 장면에는 아들의 삶을 생각하는 아버지의 애틋한 부성이 자리하고 있는 것은 물론이거니와 예술과 노동을 분리하는 시선에 대한 시인의 적대와 울분이 적지 않게 참여하고 있을 것이다. 이 시인에게 아버지의 글씨에 대한 자부는 아버지가 마땅히 누렸어야 할 자부를 회복하기 위한 기획이면서 동시에 육체노동자의 삶과 그들의 삶이 빚어낸 독특한 예술성을 알고 있는 자의 책임감이 개입된 것으로 보인다. 우리는 그러한 모습을 「검은 혀」와 같은 작품에서도 확인할 수 있다. "재와 연기 사이에서 먼지가 되어버린 어떤 삶을 자꾸 서러워하는 노래가 제 몸속에서도 흘러나옵니다 검은 혀가 문신처럼 벽을 문질러댑니다"라고 시인이 생목으로 노래할 때, 우리는 그의 노

래가 오롯이 지상의 양식이 되지 못한 어떤 삶의 기록임을,
그리고 그 삶이 우리 역사와 사회의 저류를 이룬 집단적 주
체성과 관련되어 있다는 사실을 기억해둘 필요가 있다.


## 4. 무구한 진실

흉터는 다문 뒤에도 말을 한다

―「흉터 필경사」 부분


비명과 절규가 시의 재료로 쓰일 때 우리는 순간순간의
날카로운 감각에 공명할 시간을 제공받는다. 그런데 상처를
태도로 만든 시는 고통을 쉽게 전염시킬 수 있지만 그 순간
을 지나면 피로가 남는다. 손택수의 시는 그런 시들과는 약
간 거리가 있다. 그는 상처가 우리의 눈을 흐리게 할까 염려
하는 편이며 고통이 시의 알맹이가 되는 일을 지양한다. 해
서 순간을 잡아채는 날카로움이 덜하더라도 시인은 시의 말
들이 '무구'해질 만한 시간을 견딘다. 무구하다는 말을 여린
시성이 일부러 순하고 깨끗한 것들을 모아놓았다고 생각한
다면 오해이다. 냉정하며 사실적인 시간을 견디는 일은 여
린 시성이 감당할 일이 되지 못하며 어떤 무구함에는 거칠
고 경직된 세계를 상대하고 변형시킨 튼튼한 힘이 자리한다
는 점을 고려해야 한다. 손택수 시인은 시 안에 자생적으로

저 튼튼한 힘이 생겨나도록 이끌어 상처 입고 훼손된 생명의 자기 회복력을 우리가 마주하도록 만든다.

　　냉이꽃 뒤엔 냉이 열매가 보인다
　　작은 하트 모양이다 이걸 쉰 해 만에 알다니
　　봄날 냉이무침이나 냉잇국만 먹을 줄 알던 나,
　　잘 익은 열매 속 씨앗은 흔들면 간지러운 옹알이가 들
려온다
　　어딜 그렇게 쏘다니다 이제사 돌아왔니
　　아기와 어머니가 눈을 맞추듯이
　　서로 보는 일 하나로 가지 못할 곳이 없는 봄날
　　쉰내 나는 쉰에도 여지는 있다
　　나는 훗날 냉이보다 더 낮아져서,
　　냉이뿌리 아래로 내려가서
　　키 작은 냉이를 무동이라도 태우듯
　　들어올릴 수 있을까

　　그때, 봄은 오고 또 와도 새
　　봄이겠다

　　　　　　　　　　　　　　　　　—「냉이꽃」 전문


　시인이 추구하는 무구함이 늘 오는 봄도 새봄으로 만들고, 나이 오십에도 세상을 새롭게 알아가야 한다고 일러준다. 어쩌면 우리는 정말 아주 작은 것들에 대해 평생 잘 모르고 살아가는 존재일지도 모른다. 악마는 디테일에 있다고 했던가. 속된 말처럼 작은 차이가 큰 차이가 될 수 있으며 그렇기에 어떤 진실에 대해 말하기 위해서도 작은 것들에 더 예민할 필요가 있다. 하지만 작은 것이 늘 그렇게 어렵다. 더구나 요즘처럼 그 내용이 무엇이든 자신의 목소리를 내는 일이 중요하다고 강조하는 시대에 키 작은 목소리를 내는 일은 더 어렵다. 겸손한 태도를 말하려는 게 아니다. 책임지지 않거나 못하는 아무 말을 개성이라고 여기며 과장하는 목소리 대신에 떳떳하게 책임을 지며 바른말을 하려는 태도의 가치에 대해 말하려는 것이다.

그러니까 '정음(正音)'에 이르려는 시도와 노력이 손택수의 시에 있다는 말이다. 「냉이꽃」에 기대 말하면 정음은 이제 막 시작하는 옹알이 같은 언어이며, 또 오는 새봄 같은 소리이다. 그것은 이미 정해진 기정사실의 말이 아니라 이미 우리 곁에 가까이 와 있는데 우리가 알아채지 못한 어떤 기미일 수도 있고 아직 여럿이 함께 말하는 단계에 이르지 못한 사실과 관련한다. 「냉이꽃」이 증언하듯 누군가에게는 작은 사실을 발견하고 말하는 일이 반백년이 걸리는 일이기도 하니, 당연히 '정음'을 구하는 일도 쉽지 않다. 하지만 어려운 일과 불가능한 일은 다른 일이며, 누군가의 말처럼 어려움을 회피하는 시는 단순히 복잡한 수사학에 지나지 않는다. 나는 어려운 일 앞에서 오히려 당당하게 '뒷짐을 지고

크게 웃는' 시인의 얼굴을 본 적이 있는 것도 같다. 그 얼굴
은 자주 이런 목소리를 내곤 했다. '아형, 우리 한번 해봅시
다.' 이제야 저 선명하고 단순한 말속에 녹아 있던 복잡한 상
처와 좌절과 적대 그리고 무구가 바로 보인다. 손택수 시인
은 오늘도 정음을 찾아 헤매는 과정에 만난 사람들에게 특
유의 유순한 어투로 저 자주적이고 협동적인 도모를 강제하
고 있을 것만 같다.

宋鐘元 | 문학평론가

# 거위와 점등인의 별에서

## 손택수

스물다섯에 늦깎이 대학생활을 시작했다. 연극판을 기웃거리다가 철 지난 포스터처럼 뜯겨져서 거리를 떠돌아다닌 뒤의 일이었다. 상처투성이였다. 게다가 친구들은 졸업을 준비할 나이였으니 낙오병이라는 자괴감이 없지 않았다.

'그래도 늦은 건 없어. 낙오한 자만이 볼 수 있는 풍경도 있겠지.' 지금도 크게 달라진 것이 없는 나의 낙천주의는 경쟁을 외면하는 습관에서 온다. 남쪽 바닷가 소도시의 산골마을에 짐을 푼 나는 무엇보다 만(灣)으로 둘러싸인 바다를 교정으로 거느린 캠퍼스가 좋았다. 산등성이에서 내려다보면 섬을 품은 바다를 산들이 어깨를 겯고 호수처럼 아늑하게 품어주었다. 그 바다가 바로 임화의 시 「현해탄」의 바다였다.

바다가 캠퍼스라면 소라와 게들, 말미잘과 교우 관계를 맺으며 시를 쓸 수 있을 것 같았다. 마치 병들어 남행한 임화처럼 나는 치자향이 좋던 가포와 장지연의 유택이 있던 현동과 덕동 바닷가를 떠돌며 자취 생활을 하였다. 일부러 도시 외곽을 선택해서 버스를 타고 통학을 하는 불편이 있었지만 불편을 복으로 삼을 줄 아는 은자(隱者)의 후예라도 된 것처럼 은근한 긍지가 나를 제법 오똑하게 했다.

강의를 마치면 학교에서 야간 수위 아르바이트를 했다. '근로장학생'이라는 좀 멋쩍은 딱지가 붙은 나의 첫 임지는 대학원 건물이었다. 청소를 하시던 아주머니들이 퇴근을 하고 나면 아주머니들의 쉼터가 초소로 바뀌었다. 책상 하나와 목제 침상 그리고 낡은 갓등이 있는 오두막에서 나는 틈틈이 책을 읽고 습작을 하였다. 혼자서 하는 습작에 진척이 있을 리 만무했다. 나의 습작 방법이란 그저 더 많은 책을 읽고 좋은 시집을 만나면 필사해보는 것뿐이었다. 오른쪽 검지에 펜혹이 생길 때까지 필사를 하다 보면 뻐근해오는 어깨에 말의 근육이 생겨나는 것 같았다. 서로 길이가 다른 투수의 팔처럼 나는 글쓰기 신체로 몸을 바꾸는 변신의 고통을 달게 받고 싶었는지 모른다.

나의 수다분한 선임들이었던 정문의 수위 아저씨들은 야경주독하는 모습을 대견스럽게 여기셨던지 출근과 동시에 수위실에 틀어박혀 소설책이나 파고 있는 나의 해태를 매번 눈감아주었다. 뜻밖에 내가 근무를 제대로 서나 안 서나 꼬

장꼬장한 잣대를 들고 삼엄하게 감시한 선임은 따로 있었다. 학교 연못에 터를 잡은 그는 쉴 틈 없이 순찰을 돌았다. 도르래 소리 같기도 하고 마치 녹슨 철문을 열었다 닫을 때처럼 쇳소리가 나는 그의 독특한 허스키 보이스는 진폭이 꽤나 커서 그가 바로 이 대학의 터줏대감임을 능히 알게 하였다. 하긴, 한밤에 조금이라도 수상한 소리가 나면 득달같이 그 요란한 호각을 불며 출동하였으니 내 수위 업무의 태반은 그가 본 것이나 다름없다. 가을밤 창문 밖을 온몸으로 하얗게 프레시를 비추며 걷는 그를 보면 적이 안심되는 것도 사실이었다. 그는 심지어 깊은 수면에 빠져 있을 때조차 하얗게 깨어 있을 줄 알았다. 경비를 위해 태어난 존재라고나 해야 할까.

그 경이로운 수위 선임은 거위였다. 노을이 지면 나는 뒤뚱거리는 거위와 함께 저물어가는 교정에 가로등을 켰다. 멀리 섬들에도 접선 신호처럼 불이 들어오고 하늘에도 개밥바라기 별이 켜지면 나의 대학도 어느새 점등인의 별이 되었다. 새벽이면 서리에 으슬으슬 입술을 깨물고 떨고 있는 별들에게 이제 질 때가 되었다는 신호로 스위치를 내리기 위해 눈을 비비며 일어났다. 그때도 거위는 나와 함께였다. 가로등 스위치 오르내리는 소리를 따라 천체가 회전하는 것 같았을 때, 늦깎이 대학시절의 열패도, 실패로 얼룩진 습작기의 낭패와 가난도 조금은 견딜 만한 것으로 바뀌어갔을 것이다.

수위실에서 나는 짬이 날 때면 대학원생 선배들의 구두를 닦았다. 어느 명절 앞날이었다. 고향 내려갈 준비로 다들 어수선할 때, 식사를 마치고 수위실에 들른 같은 과 조교 선배의 깨어진 구두코가 보기 참 딱했다. 상처에 연고라도 바르듯이 코에 까무스름 구두약을 바르기 시작한 것이 마칠 때쯤 해서는 구두 전체가 유리처럼 반짝거렸다. 아마 내게 세탁 기술이라도 있었다면 구겨진 옷주름을 수평선처럼 좍 펴주고 싶었으리라.

그 이후부터 대학원생들의 구두가 수위실을 '구두 병원'으로 만들었다. 소문이 퍼져서 행정실 직원들의 구두까지 순번을 기다리는 일이 일어났다. 생수병을 오려 만든 내 저금통엔 슬며시 놓고 간 지폐들이 모여 한 학기 장학금이 되었다.

어느날 수위실 문을 두드리는 소리가 났다. 오가는 길에 가끔씩 부딪치던 행정실 직원이었다. 그는 오래 망설이던 말을 겨우 꺼내듯이 수줍게 점심을 같이 들지 않겠느냐고 했다. 영문을 몰라 하는 내게 그는 몇 년간 지켜보았는데 일하면서 공부하느라 고생이 많다고, 동생 같아서 그저 밥 한 끼 사주고 싶었노라고 했다. 이름도 모르는 사내의 안경 너머에서 오는 그 깊은 눈빛을 나는 거부할 수 없었다. 그 눈빛 속엔 당시 내가 한창 빠져 있던 백석의 「고향」에서 보았던 온기 같은 것이 배어 있었다. 타향에서 혼자 앓아누워 있던 시인이 "의원은 또다시 넌즈시 웃고/말없이 팔을 잡어 맥을

보는데/손길은 따스하고 부드러워/고향도 아버지도 아버지의 친구도 다 있었다"고 노래한 의원의 그 온기 말이다. 나 역시 그의 눈빛에서 떠나온 부모와 고향의 흙냄새를 마주하였으리라.

그날 나는 세상에서 가장 따뜻한 밥을 대접받았다. 그 '밥심'으로 시를 쓰고 책을 만들며 여기까지 온 것 같다. 물론, 밤새 습작을 하던 나 대신 순찰을 돌던 그 극성스럽던 거위의 고마움도 잊을 수 없다.


2020년 봄 동탄 돌모루에서